作家とおしゃれ

平凡社

目次

Ⅰ　毎日のおしゃれ

II　お気に入りの逸品

III とっておきのよそいき

IV こだわりの着こなし

Ⅴ　夢に見たあのスタイル

Ⅵ　流行りをたのしむ

題字　塩川いづみ
装幀　佐々木暁

作家とおしゃれ

Ⅰ 毎日のおしゃれ

着物姿の宇野千代

服装語彙分類案

柳田國男

一、晴着、よそ行き

最初晴着をどういう場合にこしらえ、又如何なる場合に是非着たかを、注意してかかる必要がある。現在行われて居るものは形が皆新らしく、是によって経過を察することは六つかしい。晴着を着る時は多くなって来て居る。始めて用意した際の目的に、重きを置くのが至当である。

二、ふだん着

田舎では不断には是を着ないから別の名がある。是を着るのは雨の日か夜か。とにかく外見をかまわぬ場合が多く、従って之を見ると実際の内の要求のどこに在ったかがわかる。

三、仕事着

労働の種類及び態様の、如何に変って来たかは仕事着からも見て行かれる。それが又今日の普通のキモノと大いに変って居る点でもある。

四、筒袖と巻袖

この以前にもう一つ広袖の半袖があつた。それが筒となり次にモジリとなったのには、我々の生き方の発達が原因をなして居る。古い仕事着の形も現在はまだ根こそぎには無くなって居ない。

五、袖無しと背負い

この古くからあった衣服を、色々と工夫し改良して来た歴史は、細かく各地の例を比較して行くとやや明かになる。

六、長着物と寝具

常民の休息ということが、この現象から少しずつ考えられる。是を着て居る期間に世の中は段々に変って行ったようである。

七、身支度の簡易化

急いで仕事をしたり止めたりする者が多くなって、仕事着の不便が感じられ始めた。今日の割烹着が生れるまでに我々はまだ色々の試みをして居る。襷《たすき》が晴着から仕事用に転落した。

八、袴の種類と変化

袴に不断着と近いものが出来て、元は一つのものとは思われぬ程に外形の変化が区々になった。都市に全く用いぬ人が多くなって、此問題は不当に看過せられて居る。各地の実状を詳しく記述して置く必要がある。

九、前掛と下物

女が改良した男袴を共用するようになって、在来の女袴は追々に廃れたようである。が、今でもまだ名なり形なりが限地的には残って居る。内外二種の裳があって、其上に更に前掛腰巻の類があったのが、三者は可なり混同して居るように思われる。今の名称は多くは当らぬものでも、歴史だけは推測せしめる。

一〇、帯紐の類

帯はどういう径路を通って、今日のような奇怪なる形状に変じて来たか。多くの現実の例から推すと、是にも突如たる発明は一つも無かったようである。

一一、子負帯など

小児の為に特に古い生活様式の取残されてある場合が認められる。国の南北の子負い帯などが其一つの例である。

一二、衣服の着こなし

人の笑ったりいやがったりする身なりを集めて見ると、以前の生活標準が可なりよくわかる。昔の人は我々よりも遥かに外形に敏感であった。

一三、衣服管理

簞笥というものが出来るまで、衣紋竿というものが普及するまでの状況。麻の衣は長持ちがする故に、洗濯や保存の技術が、今日よりも重要であった。

履物とガラス玉

佐多稲子

身につけるもののことなど、まったくとんちゃくできないような激しい生活にはちがいないのだが、朝夕通勤の若い人たちが、それぞれに何かしら愛らしい身づくろいをしているのを見ると、何かしら人間のいじらしさというようなものを感じ、そして今日の激しさに対して腹立たしいおもいが展《ひろ》がってゆく。

「最も高く買います是非当店へ」という広告などを見ても、高く買ってくれるならそれに越したことはないにちがいないし、商売は商売なのだし、罪のない広告を憎んでも始まらないのだが、その広告がきっかけになってまた腹が立ってくるようなものだ。「当店」は税金に苦しんでいるだろうし、その税金は昭和電工事件などに消えてゆくということを考えると、働いている人たちの身のまわりの心づかいなぞ、何というじらしいことだろうとおもう。雨が降る。これからは雪も降ろう。毎日通ってゆくものに、雨具の用意のないことぐらい気の重くなるものはない。今はたいていの人が靴を履いているが、雨靴の用意のある人がどれだけあるのだろう。うちの子どもなども雨の度に靴を濡らして、新聞紙を詰めたりしている。高い値段で買ったゴム靴が一度履いて裂けてしまえば、もう無理をする気にもならない。二十年昔、声楽家の関鑑子《あきこ》さんが皮の雨靴を履いているのを見て、洋装には洋装でこんなちゃんとした雨靴があるのだ、とうなずくようにおもったことがあった。今日はみんな洋服をきるようになったが、雨の日も出かけねばならぬ働く人々でまだこれほどちゃんとした雨靴を履いているのを見たことがない。みんな雨の度に靴からしみ込んでくる水で冷めたいおもいをして、帰ってくれば、痛んだ靴をいたわったり、明朝の履きものに心配したりしているのである。

私の娘の頃勤めに通うときは、女にはまだ雨具としてのこうもり傘はなく、蛇の目傘であった。紙の傘は骨も太くて重かった。幾分でも細めの軽い蛇の目を欲しいとおもえば一ヵ月の小遣銭は消えてしまう、三円も出してようやく蛇の目傘を買ったときは心が弾んだものだ。その初めて新しい蛇の目をさして雨の朝出かける。停留所の人ごみでその折角の新しい傘に、男のこうもり傘の骨がぱりっと突きさされて穴があく。そういうときの口惜しさは何とも辛かった。女の雨傘にも、何とかして布張りの傘ができないものかしらと、その頃、つくづくおもったものだが、今日、それだけはすっかり布張りのものになった。これはどれだけ雨の日の通勤をらくにしているかわからない。毎日通ってゆくものには、雨具の用意は実に真剣なものである。

私は自分の小説に、家出をする娘が、足駄と蛇の目傘をまっさきに忘れずに持ち出すのを書いたことがあるが、それは私の実際に経験したことでもあった。家を出てこれからまた働きに通おうと覚悟するとき、その覚悟のひとつの現われは、雨具の用意であった。蛇の目傘の時代には履物は歯の高い足駄である。家出の風呂敷包みは一足の足駄で大分嵩張った。

またこの足駄というものほど、歯の折れ易いものもなかった。そして、高い歯の折れた足駄ほど、雨の道に歩きにくいものもなかった。昔のこんな思いに似た難儀を今の人たちも、靴の濡れる度に経験しているのであろう。またオイルシルクのレインコートなど、すぐ痛んできて、袖を通したとたんに裂けたりすると、それはもう次のレインコートを手に入れるまで、たいへんな苦労だろう。雨具というものは、よっぽど痛み易いものとみえ、私などもいつでもいつでも雨具で苦労しているような気がする。雨に濡れるということが先ずみじめくさい気分にするので、雨具の不完全さが心にこたえるのであろう。男も女も子どもも、雨具には相当大きく気分を作用される。今日は物の不足なときではあるにしろ雨具の丈夫なものが少ない。みんな洋服になった、歯の折れる足駄をはかずにすむのは進んだことだとおもうが、洋服の雨具の完全なものをまだ私たちは持たないのではなかろうか。関鑑子さんの二十年昔に履いていた雨靴は立派だった。皮の長靴で、贅沢といってしまえばそれまでだが、あんな雨靴をみんな履けるようになったら、雨の日の通勤も気が重くないにちがいない。

先日、大衆クラブという雑誌で、桑沢洋子さんなどを囲んで組合の婦人たちが身だしなみの座談会をしているのを読んだ。組合の婦人たちが、身だしなみのことなのでみんな弾んで卒直に語っている。読んでいると笑いを誘われたりしたが、その中でこんな言葉があった。「あの、ガラス玉、あれ、ちょっと私たちもかけてみたいな」とある人が言っている。ガラス玉、とは何だろう、あ、あの首かざりのことだ、とすぐ気がついたが、首かざりというのは、昔の言い方で、ああいうものにも何とか名前があるのだろうが、それを言わず、ずばずばとガラス玉と言っているところもおもしろい。そしてそのガラス玉を自分たちも胸にかざってみたい、という気分もおもしろいのであった。戦争中などにはこういうかざりはなかった。この頃、ガラス玉の胸かざりも出てきたようだ。若い人たちはガラス玉の胸へさらさら鳴る輪を、身につけてみたいとおもうのであろう。そして、このガラス玉を自分たちも欲しい、と言い出した人は、つづけてこう言っていた。

「あれ、早く、私たちがやっちゃうんだったわね」と。

私はこの言葉の新鮮さに感動したのである。

ガラス玉が美であるかないか、ということは、私には疑問であるが、とにかく今の若い人にとってはガラス玉も珍しくちょっと手にも触れてみたい欲望をそそったのである。その愛らしい美、決して宝玉とはおもってはいないガラス玉と承知している愛らしい美である。その美を早く自分たちがしてしまえばよかった、という言葉は、自分たちが早くしてしまうことによってそのガラス玉の美にひとつの性格を与えてしまおうとするものであろう。自分たちというのは、組合の婦人たち、工場に働いている婦人たちである。が、ガラス玉は自分たちではない人たちのかざりになってしまったのであろう。少なくともこの組合の婦人が、早く私たちがやっちゃうんだった、といくらか残念がっているような美になってしまったのであろう。自分たちが早くしてしまうことによって、ガラス玉は別の美になし得たものをと残念がっている。

これは実に新鮮な言葉である。組合の活動で少しずつでも自分たちの生活の要求をかちとっていったことを知った婦人にして、はじめて言い得る言葉である。これまで女は流行に盲目的に引きずられ支配された、といわれてきた。が、ここには、自分たちが早くしてしまわなかったために、ガラス玉の美にもうひとつの性格が出来てしまって、それで自分たちがつけにくくなった、という、美の性格に対する判断が生じている。と同時に、それを自分たちが早くしてしまえばガラス玉の美が自分たちのものになり得た、という確信があるのである。自分の力に対する確信、それがこのような美の獲得という問題にまで展がっているということは、非常に新しい時代を感じさせる。

陽のさし込む空いた電車に揺られていて、とりとめなくのんきなことを考えていたことがある。私に贅沢が許されたら何を一番のぞむだろうなどというような、とりとめないことを。贅沢ということになれば、一応、衣食住にこと足りた上のことであろう。そして贅沢ということは、仕事や勉強からもはずれてもっと消費的にもなった。また再び履物のことになるけれど、私は、自分に贅沢が許されるならば、いつでも、足にきちんと鼻緒の締まった軽い歩きよい履物をいつでも履いていたいとおもった。いつでもというところに贅沢の価値があるらしいのである。一足の履物が履きよいときは非常に短い。駒下駄にしろ草履にしろ、鼻緒の締まり具合が丁度よくて、下駄の歯や草履の裏の土に当る感触が軽くて柔らかい、というときは、ちょっとのうちである。私はきっと足が弱いので、履物を気にするのかも知れない。足が弱いくせによく歩くのでもあろう。娘のときから半襟よりも下駄の方に気を引かれた。そのくせ私は今日でも、いつもひどい履物をはいている。私の贅沢の夢は自分がいつもひどい履物をはいていることの証明みたいなものである。履物は消耗がひどいために、その消耗に追いつくのはなかなかなのであろう。消耗品でこれほど切実なものはないほどだ。終戦後、ゆきずりの大道で、皮の草履を買った。「一生履けますよ。もし嘘だったら、いつでも取り替えに来て下さい、いつでもここにいますから」と大道商人のお爺さんが言った。大分老人であった。自分の年齢も私の年齢も考えた上の言葉だったかも知れない。一生履けなかったら取り替えに来いとは、ずいぶん、確かに引き受けてくれたものだ。

外国の小説などでは、よく貧しい生活を現わすために、破れた靴や、木靴のことが書かれている。ぴったりと足をくるんでくれる柔らかい靴への憧れ、かたかた音のする木靴の引けめ、それはよく外国の小説に出てくる。日本では下駄は外国の靴ほどの切実さはないようだ。が、この節の靴の値段は、女の肉体とかけがえに言われたりしている。

いつか私は下駄屋のウィンドをのぞいて下駄の正札を読んでいた。下駄も買わねばとおもうからであった。なるほど高くなったものだとおもいながらはじめのうち暫くは、正札の数字を一桁まちがえたまま、五千円、三千五百円と読んでいた。気がついて、ふうっと自分のうかつさに吐息をついた。インフレに慣れて、あきらめているものがある。下駄を五千円、と読むうかつさに、このあきらめた慣れがあった。勿論一桁廉《やす》くなったけれど、私はそのとき下駄を買いはしなかった。物価は騰《あが》っている。私たちの実状から一般に気分的にはデフレを感じているが、物の価は昨日今日の新聞でもまだまだ騰っている。私たちの感覚がこれに慣れてあきらめてゆくと、五千円の下駄を買うために、どんな苦労をしなければならないかも知れない。

佐多稲子

正しいアイロンのかけ方

村上春樹

高校時代に『ドクトル・ジバゴ』という映画を観た。デヴィッド・リーンの監督、オマー・シャリフとジュリー・クリスティーの主演で、なかなか面白い映画だったけど、筋はほとんど覚えていない。やたら長くて、雪の降るシーンが多かったことはたしかなんだけど。

映画というのは不思議なもので筋やら俳優の名前やらは全部忘れてしまったのに、ただ一箇所のシーンだけがどうしても忘れられずに残っている、という場合がある。そしてこのシーンは話の本筋とはまったく関係のないものであることが多い。『ドクトル・ジバゴ』で僕が今でもはっきり記憶しているのは、従軍看護婦に扮《ふん》したジュリー・クリスティーが、山とつまれた白いシャツに次から次へとアイロンをかけているシーン、これ一箇所のみ。デヴィッド・リーンさんには申しわけないと思うけれど、それ以外には何ひとつ覚えてはいない。

僕がこのアイロンかけシーンを鮮明に記憶している理由はひとつしかない。もし『ドクトル・ジバゴ』を鑑賞する機会があれば是非注意して観ていただきたいのだけど、ジュリー・クリスティーが使っているアイロンは電気アイロンではない。実をいうと僕はこの『ドクトル・ジバゴ』を観るまで、電気アイロン以外のアイロンが世の中に存在するなんて考えたこともなかった。だから僕はこのシーンを観て「へえ、そうなんだ」と感心してしまうことになった。

それでは電気アイロン以外のアイロンとは何かというと、これはまさに「鉄《アイアン》」である。把手《とって》のついた鉄のかたまりを幾つか火の上にかざしておいて、熱くなったのを選んで、それでシャツのしわをのばし、冷めてくるとまた火の上にかざし、別のを取って使う。見るからに重そうだし、これはかなりの重労働に違いない。ほっそりとして知的なジュリー・クリスティーが白い制服を着て、汗を流しながら、次から次へとシャツにそんな具合にアイロンをかけていく。僕はそれを見ていて歴史というのは実に重いものなのだなあと不思議に実感した。人はいろんなことに、いろんな風に感心するものだ。

それはともかく、僕はアイロンかけがわりに得意だ。というか、少なくとも自分の着るシャツは自分でアイロンをかける。どうしてそんなことをするかというと、そうするのが当然だと考えているから。

僕はまずクリーニング屋にシャツを出さない。余程高価なクリーニング屋でないかぎり、洗い方は乱暴だし、間違った筋目にアイロンがかかっているし、糊《のり》でバリバリだし、変な匂《にお》いがついてくるし、当然シャツの寿命も短くなる。だから自分で洗う。暇があれば風呂に入った時にぬるま湯でゴシゴシともみ洗いする。暇がなければ洗濯機でもいいけど、手洗いの方がより好ましい。それから干す。

うるさいことをいうみたいだけど、シャツを大事にしたいのなら、干すのも自分でやった方がいい。なぜならこの「干す」という作業からアイロンかけは既に始まっているといっても過言ではないから。どういう風に干すかというと、アイロンをかけやすいように干す、ということに尽きる。どんなにアイロンかけが上手くったって、くしゃくしゃに乾いたシャツをパリッとさせることはまず不可能だ。一言でいうなら、これくらいきれいに干せたならべつにアイロンをかけるまでもないじゃないかというくらいぴしっと干しちゃうことだ。

それからアイロンかけ。これは男の趣味でやることだから、できれば最高級のアイロンとアイロン台を使ってほしい。でもいろいろ事情はあるだろうし、どこかでもらったごく普通のスチーム・アイロンと、量販店で買ってきた安物のアイロン台で妥協してもべつに構わない。経験からいうと、ＢＧＭはソウルミュージックが合うみたいだ。ジュニア・ウォーカー&オールスターズとかダイアナ・ロス&シュプリームスなんかを流しながら、五、六枚続けてアイロンをかけてしまう。オムレツを作るのと同じで、はじめはたぶん上手くいかないと思うけれど、一ヵ月も続けていればまずまず上手くなる。

しかし「どうしてもそこまでやらなくてはいけないのか？」といわれると、僕としても困ってしまう。それはもう考え方の違いだから。脱衣場にシャツを脱ぎ捨てておくと、お母さんや奥さんや恋人やらが洗って干してアイロンをかけてくれ、それで満足している人に向って、「それは間違っている」といえるような根拠はとくにない。あるいは洗濯ものを干したりアイロンかけをしたりするのは男の仕事ではないと考えている人を説得する自信もない。またそんなことをする暇があるのなら、もっと有用な仕事をするよ、という人だっておられるかもしれないし、それはそれで正しいような気もする。

しかしですね、一枚のシャツを十年近く洗って干してアイロンをかけていると（十年くらいは軽くもっちゃうのだ）、そこにはそれなりの対話のようなものが生まれてくる。僕は決しておしゃれな人間ではないし、服にそれほど金をかける人間でもないけれど、それでも日々服を着て生活を送ることを余儀なくされているんだから、どうせなら服と多少対話をしてみるのも大事なんじゃないかと、ふと考えたりもする。

でもまあ、そういう固い理屈は抜きにしても、アイロンかけってやってみると結構面白いから。

新しい沓下

田中冬二

銀行へ出勤《で》てゐて
ふと苛立《いらだた》しい気になることがある
その時私は思ふ
今日私は新しい沓下《くつした》を穿《は》いてゐるのだと
その感情《おもひ》がわづかに悲しい心を
制してくれる

田中冬二

センスのよいきものの着方、えらび方

宇野千代

単純明快と言うのが、デザインの基本ではないかと、私は思っています。きものも帯も、柄や色調が出来るだけ単純明快であるのが、お洒落《しゃれ》の基本です。

四月の十日頃に、殆ど日本全国一せいに、桜の花が咲きます。晴れた空に、雲か霞かと咲き誇る、桜の木の絢爛《けんらん》たる美しさは、何に喩《たと》えたら好《よ》いでしょう。私は花の中で、この桜の花が一番好きなのです。私のデザインしたきものの柄の中で、この桜の花くらい、数数の形を表現し尽したものはありません。風に舞い散る花、うずたかく地面に散り敷いている花、幹を隠して群がり咲いている花。では、どうして、こんなにこの花が美しいか、と言う答えは明瞭です。あの、一つ一つの花びらの色と形が単純明快で、どんなにデザインを変えて見ても、工夫してみても変わらない、あの単純な様相です。

私はきものにも羽織にも帯にも、この桜を使いました。小紋にも染めたり、刺繡したり、絞りにしたり、手描きしたりして使いました。形は単純明快なのに、使い方によって千変万化の趣きがあります。桜は春のもの、春だけのもの、四月だけのものと、昔から決まっていたのですのに、私はこのきまりを破って、秋も冬も、また夏にも桜を使いました。私のデザインした浴衣の中で、この桜の花びらを染めた浴衣が、年齢に関わりなく、一番喜ばれたと言うことは、この桜が、春だけのものではないと言うことを証拠立てているように思うのです。桜は春のもの、と固執するのは、迷信ではないでしょうか。こんなに美しい花ですもの。どの季節にも関わりなく、もっともっと、抽象的なものとして、使って見たいではありませんか。

デザインは控え目に、決してデコデコしないこと。これがきもの姿を美しくする第一のコツです。

夜のきもの――と呼ばれる特別なきもの、洋服で言いますとイブニング・ドレスにあたる訳ですけど、パーティーやお招《よ》ばれに着て行くきもの、音楽会やお芝居に着て行くきものなど、華やかな夜の光線を浴びて着るきものは、どんな地色が好いでしょう。

私はぜひとも、淡い地色のきものをお召しになって頂きたいと思うのです。

それは夜の光線が全く変わって来た、この間までの、あの普通の電灯の光線ではなくなった、殆ど凡《あら》ゆる場所があの人工的な蛍光灯の光線になったからでもあります。

どなたでも、もうお気づきのことと思いますが、あの蛍光灯は魔物ですね。淡い、明るい色のものはすべて、夢のような、ロマンチックな感覚で照らし出す癖に、渋い色、暗い色、濃い色のものは、実に陰気に暗く、どうかすると、へんに汚れてきたなく見えます。つまり、蛍光灯の光線の下では、濃い色のきものは禁物、と言うことになるのです。

その代わり、淡い地色、白い地色のきものの夢幻的な美しさは、何に喩えて好いか分からないくらいです。私たちはこの新しい夜の光線を百パーセント利用したいと思います。

一体に私は、きものがきものだけに人眼をそば立たせる——と言うのは排撃すべき趣味だと思っています。

パッと一眼で、ごてごてにした印象を与えるのではなく、あっ、好いな、と思っても、それはそれを見た一瞬間には、何でそんなに好いのか分からない、しかしよく見ると、見れば見るほど趣きがある、——と言う風なものでありたい、と思うのです。

きものと言うものは、万金を投じたものだけが、美しいのではないように思います。案外、安い値段のものの中にも、美しいものがたくさんあります。「美しい」と言う標準を、私は何におくかと言いますと、先《ま》ず、色の美しさ、柄と形の配分の美事《みごと》さに置きます。でこのきものは、どんなに顔の美しい人に着せて見ても、その顔の柔らかな女らしい感じを、ぶちこわして了《しま》うのではないのでしょうか。きものの色は、あまり多色に渡らないものを選びたいものです。殆ど一、二色で統一してあるのに、それでも、なお、初春の華やかさが表現出来るものならば、と私はそう思っているのです。

「粋《いき》」とは勿論、絢爛豪華なものではない。大金持ちの持っているものでもない。どっちかと言うと、都会的な好みで、田舎者にとっては、垂涎《すいぜん》おくあたわざるものであるが、都会人でも不粋な人もあるし、田舎に住んでいても、「粋」に近い人もある。生まれつきと言うか、本質的なものと言うか、不粋な人が刻苦《こつく》勉励《べんれい》して、粋になったと言う話は聞かない。粋になろうと努めると野暮《やぼ》になる。そう言う人にとっては、「粋」とは一瞬の間に消える美のイリュージョンであるように思われる。

日本のきものである和服は、日本の国が亡びて、日本人と言うものが世界から姿を消して了うまで決してなくならない、——と言うのが私の持論です。

まァ誰方《どなた》でも、よその国のことを考えて見て下さいまし。その国自身にはときによっていろいろの事情があっても、その国独特のキモノは亡びない。朝鮮服、中国服、インド服、オランダ服。何と、そういう独特のキモノが、生き生きと生活していることでしょう。

日本人の生きている限り、日本のきものである和服は亡びません。但し、洋服が時とともにいろいろな形に変化し、いろいろな新しい生地を勇敢に採用して行っているのと同じように、日本のきものもまた、きもの本来の原形はそのままで、袖の形、帯の形が少しずつ変わり、生地もまた、絹と木綿の一点張りではなく、化繊も使えば合繊も使う、勿論ウールも勇敢に使う——筈《はず》なのです。

洋服が昔はなかった化合繊を使うから洋服でなくなる、と言う理屈が成り立たないのと同じように、和服もまた、どんな新しい生地でも、それが生活的に便利であったり、和服として美しかったりする場合は勇敢に採用すべきではないでしょうか。

和服をすっきりと近代的なセンスで着るのには、何はさておき、全身の色を、色の数を出来るだけ、単純に統一すること、その感覚を持つことが、一番近道ではないか知ら、と思うのです。

宇野千代

サザエさんの洋服

長谷川町子

白いブラウスに黒いスカート、それにお揃いのボレロという平凡な組合せを一着してサザエさんは恬然《てんぜん》と四季を送迎して来ました。

これは主人公の印象が読者に馴染み深いものとなるまでは常に一定のユニフォームで通した方が得策であり、それには夏にも冬にも融通のきく、この種の服装が最も便利と考えたからでした。しかし最近二、三の投書で、あれではサザエさんが可哀想過ぎる、も少しスマートに身辺《しんぺん》を調えてほしいと苦情が舞い込み、また事実黒の多い服装は画面を暗くする欠点もありますので、今後は時に応じて変化させたいと思います。

目下彼女は粋なチェックのスカートを得々として春風になびかせています。洋服に紺足袋をはき、つっかけ下駄の買物姿と云うのは終戦当時でこそ見馴れた街頭風景でありましたが、モンペを押入の奥深くしまいこんで口々にパリモードを云々する昨今では、ちょっと時代のズレを感じないこともありませんね。サザエさんも夫君《ふくん》のサラリーとニラミ合わせてニュールックの二、三枚もひねり出したいところです。

長谷川町子

『サザエさん』より

長谷川町子

今日ようちえんでクリスマス會があるよ
じゃいい服だしてあげるわ
ワカメーエプロンしなきゃだめよーーウ
なんですそのかおは!

長谷川町子

オイ
新春ヘヤースタイル
新年号
オイ
おしゃれとなると むちゅうだな
むちゅうじゃないわよ!

ことしのトップモードよ
べつにめあたらしいかんじもしないなァ
おとうさんがうるさいんだもの
パラパラ
ひざ上《うえ》10センチ!

長谷川町子

服装の合理性

石原慎太郎

服装というものには生活のための合理性と、生活の美化への装飾性というものが必ずあるはずだと思う。が、やはり合理性ということが第一義的に考えられなくては嘘だと僕は思うのだ。合理性のない衣裳はどんなに金がかかって豪華なものであっても、あるいはどんなに新しいモードであろうと無意味である。であるから、衣裳に関する日本の伝統というものも、そうした点ではたえず批判されなくてはならないとも思う。それは男も女も同じことがいえよう。日本では男も女も同様に合理性を無視した服装を平気で、あるいは妙な虚飾で着飾ろうとしていることが多いようだ。

日本のように生活様式が実に目茶目茶に混淆《こんこう》し、季節も漸変する国土にあっては、各人が自分の生活に則した服装を選んでいかなくてはなるまい。

今日の社会が人間が逆に自分たちの作った機械文明に食い殺されて、生活自体も個性というものの現れるスキのない、モノトナス（単調）なものに変って来ている昨今、せめて服装だけでも、自分自身の人間性というものを取りかえしたものを考えて着たいものだ。服装に関する人間性ということは、換言すれば生活に則した合理性である。

僕は夏になるとほとんどといってもよいほどスーツを着ないし、ネクタイなど絶対に結ばぬことにしている。われわれがいくら欧米の紳士を真似したところで夜になればぐっと気温が冷え、あるいは湿度が全く低い向うの夏とくらべれば、どだい日本の気候が違うのだ。

いつだったかネクタイという得体の知れぬ代物について、花森安治氏が書いておられたが、現代の服装の内でネクタイというものの意味は、インディアンのトーテムポールみたいに得体が知れず、それよりももっと意味がない。

夏にアロハを着ていたり、ノーネクタイだったりしてクラブからシメ出しをくうことがよくあるが、馬鹿気ていることとおびただしい。僕などスーツを着て出るか、アロハを着て出るかで、一日家から外出した後の疲れ工合がはっきり違う。

行儀の良い悪いということとは何を着ているかということできまる訳がない。そうした判断の仕方は、虚飾と言おうか人間のみかけだけ、あるいは服装というひとつのものだけで人間を測る、極めて誤った生活態度だと思う。

十八世紀のサロンで、ちょうどロマンティシズム（浪漫主義）が風靡しだしたころ、人の夜会を訪れるのに乗馬服を着、長靴にわざと泥をつけて行くのがはやったそうだが、その方が夏にアロハを着て人を訪《おとな》うよりははるかに無礼だろう。それがそのころにはシックとして通り、日本でも暑いのを死ぬ気でがまんしてネクタイをつけているのが礼節正しいとされ、逆に海岸や避暑地以外でノーネクタイやアロハを着るのが白い目で見られるのはいずれも服装というものの実体を考えぬところから生れた実にくだらぬ因習だと思う。

僕は大学時代、夏休前のある日、暑さにたまりかねて、アロハを着、白いズボンに白い靴をはいて講義に出たが、終始教授や仲間の学生たちから自分にそそがれる視線を感じ、覚悟はしていたがしまいにやりきれなく感じたことがある。その日はとりわけ暑かったのだが、Bというそのイギリス仕込みの教授は午後の経済学を講義しながらとうとうたまりかねて上着だけを「失礼します」と言って脱いだ。その後蝶ネクタイもはずさず講義を続けたが、流れる汗が下着を通り、しまいにワイシャツをベタベタ肌にくっつけてしみ出したが、それでもとうとう彼は最後までタイもはずさなければ、ワイシャツの腕もまくらなかった。見上げた紳士というべきであるかどうかは知らないが、汗がしみてひっつき肌の色がところどころ縞になって浮き出たワイシャツを見せつけられたのもたまったものではない。その日は温度がとりわけ高く、それでもたまらず僕は帰りに寮の友人の所で裸になって水を浴びて帰ったのだ。

あれであの教授が病気にならぬとも限らない。そうとすればそれほど馬鹿気たこともあるまい。

同様に、身につり合わぬ高価な服装を求めて、食うものも食わずに無理をする女性も多いが、いずれにせよ日本という国では人間が服装を規制せず、逆に人間が服装のために無意味に縛られて身動きがとれぬという例が多すぎるようだ。日本人にとって生活のすべての面でほしいものは、自己を見極め、人間としての自我を生かした合理性である。服装にもやはり、それが一番必要だと思う。

働くために

宮本百合子

この頃は日本の女の服装について、簡単であること、働きよいこと、金をかけないことがどこででも云われている。大変着物に凝《こ》っている人たちが、昨今はそれらを又新しい工夫の条件にとりいれて違った形での数寄《すき》を示しているのや、それとは全く反対に、衣服は肉体をつつむ袋なりとでもいうように、何でもモンペの観念にひきつけてばかり考案されている単調さも、私たちの生活の現実とは何となしに遠い。

ごく大ざっぱに云って、私たち人間は皆一日のうち何時間か働いて、何時間かは休息しつつ生活している。着物もつまりは、その生活の二つの基調に適合した変化が必要だし、その必要をみたすことが衣服の最低の条件なのだろうと思う。

簡単服という言葉はホーム・ドレスを意味する日本名だが、日本の女性たちの生活は、働き着として朝身につけたその簡単着を、いつ、くつろぎ着にかえる時間と余裕とをもっているだろうか。

家の掃除をしたり洗濯をしたりするときホーム・ドレスで大働きをする主婦たちは、昼飯でもすんでからは、すこし気持のちがう午後の服に着かえるのが、洋服暮しの国々での普通の習慣である。そして、夜もうお客もないくつろぎの時間には、ゆったりとした寛衣《かんい》にかえて、床に入る迄の休息を楽しむ。男のひとたちにしろ、その時刻には窮屈な上着はぬいで部屋着にくつろぐのである。

一日のうちのこういう変化は、簡単であること、働きよいこと、金をかけないことと一致して、私たちの生活にもっととり入れられていいことだと思う。衣服にこういう変化を持てるということは、とりも直さず家庭での仕事、外での勤労が規則的に行われること、簡単に着換えられる衣類の形であること、生活の感情の多様さが活かされている社会の雰囲気であるということを語っていて、そこに簡単簡素ということは単調と同じものではないという事実がはっきり示されるわけである。

自分のことを考えてもつくづく思うのだけれども、日本の服装は実に閉口的に複雑であって、しかも単調だと思う。使わなければならない紐の数、小物の数、いかばかりだろう。その一つ一つに神経がいる。けれども、全体の形は少くともこれ迄は、働く時間の衣類の形もくつろぐ時、外出の時の衣服の形も同じで、動きを語る線の上でのくっきりとした変化というものは持たなかった。平常着《ふだんぎ》を小ざっぱりと趣味をもって、ということは心がけのよい女性たちの念願だと思うが、日本のこれ迄の暮しの感情では、女のふだん着は働き着と同じ性能におかれていて、僅《わずか》に夕飯後ふだん着の上に羽織られた袢纏《はんてん》が、日本女性のつつましい休息の姿を語っていた。

其故、この頃いろいろ衣服の改善が云われても、いつも「気が利いていて働きよい平常着」という観念の土台で袂《たもと》がちぢめられたり、裾が袋にされたりしている。はっきりと働く時間の装《よそおい》はこれ、大働きの終ってからのふだん着はこれと、区別された生活感情で扱われていない。

家庭でも働き着とふだん着との区分が明瞭につけられると、却《かえ》ってどちらもその性能をよく活かした形で徹底されるのだろう。私たち女の生活に向う態度そのものに、そういう区分を生れさせる弾力がなくてはならないのだと思う。昔から日本の婦人の服装の改良というと、明治時代から改良服の系統を脱し得ないのは、いつも働き着とふだん着とが一緒にされて念頭にもち越されていたからなのだと思われる。

近頃一方に制服ばやりがあると共に、他方では極端な服装の単一化が考えられているけれども、先頃ナチスのヒットラー・ユーゲントが来たとき、割にその近くで接触していた人の話では、ユーゲントたちは制服は一通りだけれども、服装としては六七通りはそれぞれの必要にしたがって持っていた。ユーゲントの制服だけ見て、それだけ真似て、一組の装で万事すませようとするのだったら可笑《おか》しい、ということだった。
衣類の本当の合理化は、その人々の働きの種類によって、休安の目的によって形も地質も考えられるのが当然である。

人の働きもいろいろで、私の着物は他のものを書く人と同様に独特の痛みかたをする。日本服だから袖口が痛むのはおきまりだけれど、絶えず机にすれるものだから袖口の外側からその下にかけてのところだの、羽織の襟の机に当るところだのが知らないうちに忽《たちま》ち切れてしまう。それから、いしきが抜ける。これは私の重さもあるけれど、細いひとでも、一日の大部分腰をかけて、気付かない体の動きをつづけているひとは皆ここを切る。

羽織の袖口が余りバラバラおそろしくなるので、今着ているのは、外側から同じような布地でくるみぶちをとってしまった。細かい絣《かすり》だから余りみっともなくない。

そういう羽織を着て、体の半分をくるむような大前掛をかけて、帯は御免蒙《こうむ》って兵児帯《へこおび》である。迚《とて》もしゃんとした帯をしめて仕事をすることは出来ない。

急にお客様があったりして、私はいつもそのまま出るのだけれど、私のような働きの性質だと、どうしても働き着即ちふだん着しか仕方がない。夏は袂を元禄袖にしているのもある。願くば、このくるみぶち付羽織だの着物だのに、せめて心持よい色彩あれ、と思っている。

もう一つ私は妙なものを使っている。それは私のせめてものくつろぎ用、寒さしのぎ用だが、部屋着から思いついて、どてら代りに綿入元禄袖のついたけ着物のように縫ったものに、横で結ぶ紐をつけ、寝間着の上から羽織ったり、夜はふだん着の上にひっかけたりして、便利している。

洋服暮しのとき、部屋着として少しさっぱりした縞や小紋の着物地で拵《こしら》え、随分重宝してからずっともう幾冬もそれを離さない。日本の部屋で、洋装ぐらしをする女のひとは、案外そんな部屋着が役に立ち、又安楽で、しかも一寸《ちよつと》そのまま人前に出ても大して失礼にも当らず、都合いいのではないかしら。縞や模様の気くばり次第で、全くの部屋着の感じにもなるし、落付いて地味な上っぱりともなるのだから。この間、私の伝授で或る若いひとが、近頃よくある紫のしぼりでそれをこしらえて着ているのを見た。とも切れの幅ひろく短い紐をちょんと横に結んだところもなかなか愛らしくて、びらしゃらもしないのである。

日本の着物の感覚で、色彩的ということがもっとこまやかな味《あじわ》いで感じられるようにならなければうそと思う。

近頃のけばけばしさ、というと普通にはすぐ懐古風に配色だの縞だのが思い浮べられているけれども、そういう逆もどりも実際には不可能だと思う。

しぶい色、縞は、昔の日本の室内で近い目の前で見られるにふさわしいのだが、今日の東京の建築物では室内のスケールも変って来ていてその質量感にふさわしいようにという関心が、様々な色のこみすぎた盛り合わせとして現れて、却って色彩的でなくなってしまっている。二色或《あるい》は三色きりの調和にある実にすがすがしい色彩感。単純な統一の一点に利いている小物の濃いゆたかな色彩、というような整理は、案外されていない。若い人は、雑多な色の間に自分の皮膚の若々しささえもみくしゃにされている。

日本の若い女のひとが、若さを衣服の赤勝ちな色でだけ示している習慣をよく気の毒にも粗野にも思って眺める。そういう色の溢れた中から、パッと鮮やかな若い眼や唇がとび込んで来ることは非常に稀である。燃えるような紅をもっとしまった効果で、小さく強く、その紅が青春のおどろきとして効果をあげるように使われたら、どんなに美しいだろう。洋装では灰色を瀟洒に着こなしている若い女性は、和服だとやっぱり平凡な赤勝ちに身をゆだねて、自身の近代の顔を殺しているのが今日である。

どうせ日本服があるなら、羽織を何時《いつ》でも着て、折角の着物の趣を削ぐ風俗も少し改まればいいと思う。冬でも、おしゃれをしたときは、羽織なしがよい。よっぽど年をとったひとでない限り、たとえ私のようにまん丸であろうとも羽織なしの装はわるくないものだと感じられる。そういう点で、ふだん着とはちがう感情のアクセントがあってもわるくないものだろう。

日本服だと、着こなしが云われて、その人としてのスタイルというところまでなかなか表現されていないことも、私たちに女の生活の一般化された平面さを考えさせる。年頃の娘さん、令嬢、奥さん、そういう概括はあるけれども、どんな娘さんというその人としてのスタイルを日本服にあらわしている人は極めて尠《すくな》くて、それより先に金めがあらわれて来てしまっている。目につくのが好みより先に金のかけ工合であるというようなことは、やっぱり女の内面の貧しさを裏がえしに現していると思う。

日本服というものを、末梢的にこねくって不徹底なみっともないものにするよりも、働くための服装は思い切って東西を問わないその人々の仕事にふさわしいものに変化させて行ったらいいのだろうと思う。

宮本百合子

春着の仕度

河野多恵子

女性作家のなかには、化粧をしないと仕事のできない人があるそうである。化粧が必要なくらいならば、着る物もなおざりでは気がすまないだろう。

そうかと思えば、朝起きるなり机に向い、顔も洗わず仕事をはじめるとおっしゃる人もある。時間の問題よりも、顔を洗うと書きたいことが流れ落ちてしまったような気がして調子が出ないのだそうだ。やはり起きるなり仕事に取りかかる人が、仕事はネグリジェにガウンという恰《かっ》好《こう》でするとおっしゃっていたこともある。

作家の仕事どきの身じまいのよしあしは、そのまま嗜みの尺度とはいえない。機能上の相性もあるし、創作上の内的な相性のことも大きく関係しているようである。こう言うと、自分のことを弁解しているみたいであるけれども。

仕事をする時、私は化粧の気《け》が少しあっても、蓋をされたように、書こうとすることが浮んでこなくなる。顔は洗う。普通の日の朝は勿論のこと、徹夜明けのまま仕事を続ける朝でも、昼寝をした時でも、歯を磨き、顔を洗い、髪も梳かなければ、机の前に坐っても本当に仕事に向った気がしない。洗面台の前でさっぱりとなり、そのあと何もつけないのが、私にとっては仕事との相性がぴったりする。

着る物は、ネグリジェやガウンでは駄目だけれども、まともな物も駄目である。以前は冬だと、純毛の着古したセーターにスカートと長靴下、そのうえから元は上等の古銘仙に真綿の入った、対丈《ついたけ》で横紐つきの丹前を纏っているのが、最も仕事に身が入った。それが、何がきっかけであったか、十年ほどまえから冬に限らず、いわゆるトレパンが、最も仕事に熱中できる衣服になった。上着のほうは代りによくブラウスやセーターも着るけれども、下は真夏以外はいつもトレパンである。私は一年中で初夏がいちばん好きなのだが、好きな季節がきて、その年はじめての半袖のブラウス、ついでにトレパンも洗濯したのに替えた時など、書くうえで恐いものなしと思えるほど気持が高揚してくる。トレパンは仕事着のつもりだったのが、まめに着替えるような女ではないので、家の中でその身なりでいる時間の多いこと。

トレパンで私の好きなのは、出はじめた頃の紺に白線だけのものなのだが、近頃これがどこでもというわけにはゆかなくなった。けばけばしい色をけばけばしく取り合わせたものが、殆どなのである。ある時、紺に白線のがなくて、けばけばしさのましな紺と臙脂を半々に使ったのを買って帰った。諦めて買ってきたのだが、着てみると思った以上に気持にしっくりしない。

そのうち、佐藤愛子さんの「むつかしい世の中」を正・続とも読んだ。

六十すぎの〈わたし〉は結構な暮らしなのに、家族の止めるのもきかず、一人で暮らすと南紀に家を建て、ひとの世話で来た二十六になる手伝いのぬい子と引き移る。そのぬい子が困った娘である。寝ぼうで、大食で、八十キロはありそうな体も反応も異様に緩慢で、独り相撲の〈わたし〉は苛立ち通し。それがまた、生甲斐めいてもいる。〈わたし〉の関西の話言葉で書いた小説なのだが、〈ぬい子はいつも——朝も夜もトレパンちゅうもんをはいてます。〉とある。〈エビ茶のと紺のと二着持っててかわるがわるはいてるんですけど、〉とある。しかも、エビ茶のと紺のとをかわるがわる穿いている、とあるのに、ぬい子が紺のを穿いている場面は恐らく一つもない。〈わたし〉を苛立たせるぬい子は、いつでもエビ茶のトレパン姿となっている。

かねがね私は佐藤さんの小説の愛読者である。ざっくばらんに書いてあるようでいて、まことに文章が利いている。佐藤さんの小説で一度読んで以来忘れられない個所が、私には随分溜っているけれども、「むつかしい世の中」を読んでから、紺と臙脂と半々のそのトレパンの臙脂を何故かエビ茶と言わねばならない気持になった。間に合わせに半分エビ茶のほうのを着なければならない時には、ぬい子さんの体重の六割ほどの体が急に重たくなったように感じたりする。

　ところで、作中に〈エビ茶の新しいトレパンをはいたぬい子が、お腹の前に三重のお重を抱えて出て来て〉というところがある。彼女は、お正月にもトレパン姿らしい。でも、何と〈新しいトレパン〉とあるのだ。去年の仕事始め、私のトレパンは前からの古だった。彼女のほうは、春着の心づもりをするとみえる。今年は、暮れのうちに、ぜひとも紺に白線のトレパンを見つけて、新しい春着で仕事始めとしようかしらと思っている。

河野多惠子

Ⅱ お気に入りの逸品

格子柄の着物の幸田文

鞄

吉行淳之介

洋品雑貨店のショウウィンドウに鞄が置いてあって、それが気に入ったデザインだと、血が騒ぐ。前後の見さかいなく買ってしまい、金が足りないときには、売ってしまわないように頼んでおく。

そういうときには、極度に主観がのさばっているので、買ってみてから失敗に気づくこともある。そういう形で、この三年間に四個の鞄を買った。数としては多くはないが、その期間に旅行したのは二回だけだし、「これだ」とそのときおもえる鞄には、めったに出会うわけではない。

これはなにか。あるいは、旅行したい気分が強く潜在しているのに、それが気軽にできない代償行為かもしれない。もともと子供のころの私は旅行好きで、中学生のころ郷里の岡山まで各駅停車の列車に乗って、途中下車を何回かしてたどりつく計画を熱心に立てたことがある。

結局、それは下車地での宿泊費などが小遣いでは足りないので実現せず、普通急行に（当時は、十六、七時間かかった）乗ることになってしまったが。

そのうち戦争になり、汽車の切符を手に入れるためには、半日は駅に並ぶことになった。敗戦後十年ほどは窮乏して旅行どころではなく、それにつづく十年は仕事や厄介な事柄に追われて都内から外へほとんど出られなかった。ようやく、やや余裕ができたときには体調の具合でなかなか腰が上らずしだいに旅行自体が億劫になってきた。先日、岡山へ行ってきたが、わずか四時間の新幹線の旅をするために、決心しては取りやめることを一年の間に幾度も繰返した。

旅に出ると、新しい景色が見えてくる。風景というものにたいして私は興味を持っているのだが、ただしそれを見る時間は数秒で十分である。ただ、これもどういうわけか分らないが、海が見えると、「あ、海だ」という声が咽喉のあたりで鳴って、しぜんに呼吸が深くなる。もっとも、その時間も数秒に過ぎないのだが。新しい鞄を床に置いて、金具をはずし、大きく開いたとき、それに似た気分になる。一瞬、鞄の中から海が出てくる。

茶褐色の円筒形の鞄、くすんだ赤の矩形の小さい鞄、それより二まわり大きくて平べったい黒い鞄、さらに大きくて濃い茶色の皮で縁取りしてある白い鞄、そういう順に買ってきた。とくに愛好しているのは赤い鞄で、染料と皮のにおいの混ったものなのか、甘い物悲しいようなにおいがして、それが二年たっても消えない。

これらの鞄は、それぞれイタリア、フランス、西ドイツ製で、かなり高価であった。しかし、窮乏しているときにもアメヤ横丁の安売り店へ行って、藍色に塗った金属製の頑丈なものを買ってきたことがある。これを持って、二時間ほどのところへ一人で行ってみたが、重くて閉口した。これは、金属の箱といったほうがふさわしく、セールスマンが商品を入れるためのものらしい、と大分あとで気付いた。アメリカ製で、かの地のセールスマンはそれを車に載せて動きまわるのだろう。

このごろでは、私にとっての理想の鞄とは、提げてみて重量を感じさせない、空気のようなものなのだが、これは存在しないものだろう。ただし、それに似たものを一つ持っている。

二年前、『鞄の中身』という短篇集で、読売文学賞を受賞した。そのとき、表題作が載った雑誌の編集部が、記念に鞄を進呈したいから、好みのタイプを教えてくれ、という。有難いとおもったが、実物を見てから判断がつく事柄なので、

「本ものはいりません。紙にそちらのイメージでカバンの絵を描いたものをいただきたい」

と言うと、相手は笑って、

「それでいいんですか」

「いいんですよ」

「しかし、そうなると、当方のセンスを調べられるようで責任重大ですな」

そういう会話をしているうちに本ものが欲しくなってきたので、私のほうからデザインを出した。長方形の黒いビニール袋を、私はしばしばぶら下げて歩いていたので、それと同じ形と色のものを薄い皮でつくってほしいと注文した。そういうビニール袋には、金文字で「自然の摂理」などと英語で（もし誤訳でなければ）プリントしてあるが、私の希望は文字も模様もないものである。

特別注文だからかなり時間がかかって出来上った。大そう上等な皮らしく、文庫本ほどの大きさの皮の袋が添えられてあって、折り畳むとそれに入ってしまう。それなのに本を十冊ほど入れて歩いても、いまだに形が崩れない。

得意になって持ち歩いていると、ある友人がくすりと笑って、言った。

「なんだか、シマらないカバンだなあ」

その友人と行ったバーの女の子は、

「風呂敷包を持って歩いている感じね」

と笑い、そのときは私は相手のセンスを信用していなかったのだが、会う相手ごとにいろんなかんばしくない感想を聞かされる。

「ダラーッ、と垂れているのがいけないのよ。間抜け、っていう感じ」

そう言うので、短か目に持ち直すと、

「それだと、ばか、って感じ」

中身が少ないのがいけないのではあるまいか、と上着を脱いでその鞄に入れて膨らましてみると、今度は次の相手が言う。

「なんだか、かなしいものを持って歩いているのね」

結局、時間がたつうちにそういう感想はすべて正しいと認めないわけにはいかなくなった。しかし、今でも私はそのカバンを持って歩いている。間抜けだとするならば間抜けのままの形で使いこなしてやろう、とおもっているのだが、鞄と私が歩み寄って、中間のところでおさまることになりそうだ。

吉行淳之介

このごろ

幸田文

鏡をよろこびはじめたのは、何歳ぐらいからだったろうか。多分もの心つかないうちもう、きっと母の鏡をのぞきこんでいたのではないかとおもう。

覚えがあるのは、数え七ツのとき。母がなくなったそのあと、それ迄は母専用だった鏡台を、手伝いのひとたちが遠慮もなく、きたならしく使いちらしているのが、なにか侵害されたような、嫌な気持でみていたこと。以後ずっと今日までの、思えば長いつきあいだが――。

娘のころの鏡とのつきあいは、なんといってもいい気なもの、甘ったるかった。長々と時間をつぶして、じれたり気取ったり、自分ではけっこう一生懸命に〝見よげにするための努力〟をしているつもりだけれど、正気なのか遊びなのかはっきり区別をつけかねる、あいまいに甘い鏡だった。

中年は、これはもう使う気で使った鏡。なにしろ忙しいし、その多忙をこなそうとする意欲があった。中年の充実した勢いだ。左手でぱっと鏡台かけをはねあげたとき、右手はもうちゃんと白粉壺のパフをつまんでいる、といった早業。一日に三度でも四度でもそうした身づくろいをした。なにかこうキッとした気持で、鏡へ身をのしかけるようにして早化粧をした。鏡にうつすとか見るとか、そんな生ぬるいものじゃない、この時代には私は、鏡を使役したとおもう。

　そしてこのごろは鏡を、親友だ、とおもっている。親友というより、むしろ畏友だろうか。なぜなら、誰でもがいいにくがることを、ずばずばいってくれるからなのだ。ほら白髪、ほら老人斑、襟がたるみましたよ、背が丸くなってますよ等々。そればかりではない、おや目が赤くなってる、少し休息しなさいとか、皮膚に生気が足りない、風邪ひくぞとか、そんないたわりもいってくれる。鏡は甘ったれるものでもないし、使うばかりが能でもないし、つきあうものだという気がするが、老いたのちこそ、鏡はうれしい。

フィレンツェの赤い手袋

小川洋子

子供の頃は、しもやけがひどくて手袋が必需品だった。小学校に上がるまでは、母の手編みのミトンをはめていた。甲のところに雪の結晶の模様が編み込まれた紺色のミトンで、右手と左手が紐《ひも》状の鎖編みでつながっていた。

少し大きくなるにつれ、親指とその他の指、二つにしか分かれていない単純な形と、片方だけ失《な》くしたりしないための長々とした鎖編みが、子供っぽく感じられるようになった。だから五本指の、紐でつながっていない手袋を初めてはめた時はうれしかった。これぞ正真正銘の手袋だ、という気がした。しかしおっちょこちょいの私は、案の定、幾度となく片方を失くした。

大人になってしもやけができなくなると、手袋との縁もほとんど切れてしまった。上品で綺麗な色の革製があれば、と思ってデパートを探してもなかなかいいものに出会えず、結局、コートのポケットに手を突っ込んで誤魔化《ごまか》していた。

ところが先日、フィレンツェを旅している時、手袋専門店を見つけた。小さな店ながら、三方の壁一面の棚に隙間なく手袋が詰り、カウンターの向こうには、腰回りのがっしりした、ちょっと怖そうな雰囲気の女性店主が立っている。観光客であふれる通りのにぎわいとは無縁を装うように、店内は薄暗く、しんとしている。

不意に、大人になった自分に相応しい手袋を長年探していたことを思い出し、勇気を出して中へ入ってみた。「いらっしゃいませ」の言葉はなく、店主はただ目配せするばかりだった。カウンターの真ん中に、丸い小さなクッションが置いてある。ああ、そうか、この上に手を載せるんだな、と私は承知する。

思わず手を載せてみないではいられないクッションなのだ。コロンとして可愛らしく、たっぷりとした厚みがあり、古風な花柄で彩られている。今までいったい何人の人がそこへ手を置いたのか、真ん中に小さな窪《くぼ》みができているように見えるが、それも丸い形の中にきれいに馴染んでいる。

そろそろと私はその窪みに手を伸ばす。店主は相変わらず愛想なく、むっつりしている。

「新美南吉の童話『手ぶくろを買いに』の子狐《こぎつね》も、こんな気持だったのだろうか」

ふと私は思った。せっかく片方の手を人間に変えてもらい、間違った方を出してはいけませんよとお母さんに言い含められていたのに、お店から漏れてくる光に面食らって、子狐は狐の手を差し出してしまうのだ。

「このお手々にちょうどいい手袋下さい」

失敗をしでかしたのに、子狐は少しも慌てず、人間に向かって礼儀正しく接することができた。

私が店主に向かって言いたいのも、まさに子狐のこの台詞だった。

「お願いです。どうか私の手にぴったりの手袋を下さい」

しかしイタリア語が喋れない私は、ただ黙ったままでいるしかない。

「エイト」

その時、クッションの上の手を見下ろしていた店主が、突然、有無を言わせない、威厳に満ちた口振りで宣言する。そうして棚の一段から、二十種類くらいの手袋を取り出し、カウンターの上にどさっと置いた。

私の手の大きさは、どうも8号らしい。手袋は実にさまざまな種類がある。子牛、羊、スエード、手縫い、機械縫い、黒、グリーン、からし、オレンジ……。試してみたい品を指差すと、すかさず店主がところてんを押し出すのに似た木製の細長い道具で、五の指をぐいぐいと開き、手にはめてくれる。

あれもこれも、とあまりやり過ぎると店主のご機嫌を損ねるかもしれない。最初はそう思い、恐る恐るといった感じだったが、彼女は全く気にする様子はない。淡々とところてんの棒を扱うだけだ。

途中、少し大きいような気がして、7・5号の棚を指差してみたのだが、店主は首を振り、「エイト」を繰り返す。きっと何十年も客の手ばかりを見てきたに違いない店主が、そこまで言うのなら間違いなかろうと思い、やはり8号の中から探すことにする。

無事、手袋を買えた子狐は、「母ちゃん、人間ってちっとも恐かないや」と報告する。それをはめて暖かくなった両手をパンパンと得意げに叩いてみせる。

結局、私は赤色の手袋を買った。身につけるもので赤色などかつて買ったことがないのに、なぜかその色を選んでいた。それをはめた時、店主が大きくうなずいたからかもしれない。

「お前には赤が一番似合う」

エイト、と同じ口調で、そう断言しているような気がした。

「イタリア人店主は、ちっとも恐くなかった」

手袋の入った小さな袋を提げ、一人ヴェッキオ橋を渡りながら、子狐の真似をして私はつぶやいてみた。

時計

室生犀星

私は三十歳になってから、初めて腕時計を手首にまいたが、それまで時計を買いいれる金に暇がなかったのである。三、四十年前の書生はよほど余裕のある男でないと時計は持っていなかったものである。必要な時間は下宿屋の玄関の正面にぶら下がっている柱時計を、わざわざ二階から降りて行って見たものである。街に出ると商店の時計をこれまた店の入口まで行って、見ていた。全く時計は欠くべからざる必要品ではなかった。

明治末葉には銀時計が流行《はや》っていて、金の時計はお医者か、高利貸か、株屋さんくらいしか持っていない。なかんずくお医者の金時計はたいてい大型で、金色さんらんたるもので、パチンとフタを開ける金側時計だった。このきんがわ時計は明治二十年くらいから流行り出していて、大正初めまで実に流行期間は四十年に及んでいた。私の少年時分に医者が来診すると、すぐ山吹色の時計がチョッキのかくしから取り出され、なめらかな金のくさりが同じところからはい出したことを覚えている。

ちいさい患者は、まずキンガワ時計と、金のくさりを眼にいれると、お医者の威厳と信頼を感じ、風邪はもう治ったような気がしていた。

私は女の人の装身具のなかで時計くらい光彩のあるものはないと思っている。指輪なぞ二、三十万もするヒスイやダイヤは男の眼からはまるで美しさがぴたっと影響して来ない。それは男には宝石の価いが判らないせいもあるが、突き込んでいえば、指という肉体と、手首という肉体の差が、その量積の艶姿を違えているからである。

指輪のはまる指は肉体の先端の装飾であって、深みと想像とが貧弱で、手首にからみつく時計は肉体の量積をたっぷりとその下側に控え、感覚は直接その手首から二ノ腕への延長を、永い時間に見る者の想像を誘い入れるからである。指輪は指間の美しさはあるにしても、そこにはさびしい空気への切れ目を界いしている。それだから指輪は大切だという説も成り立つが、腕時計風な肉体の全部にわたる紋章のような効果は少ない。

高価な指輪をはめた手を私はかつて美しいと見たことはないが、ちょっとした金の腕時計のさんらんたる状態では、電車の中やデパートの事務員、奥さんふうな人達の間ではやはり時計のかがやきが眼にはいって来て、時計は花よりも美しいと思うほどである。その手首のつよい張りぐあいにも健康感があり、この人も金の腕時計を持っているからには、生活にゆとりがあるという安堵の感じもあった。同じ数万の金をつかうなら、指輪よりも時計の価格にそれをつかった方がいいと思うのだが、大抵の場合、指輪には高金を払っていても、時計にはその半分の金もつかっていないのを見ると、美しさの間違いを発見する。

女の人の小さな時計ほど精巧な美しいものは、まずなかろう。どんな草花もみなあそこに咲いている気がするからである。女の人は耳飾りとか首飾りはことごとくこれを除いて、はだかになったときでも、時計だけは手首にかがやかせて、それ一つが最後の飾りになる総天然色の就寝光景を見たことがあるが、全くこれは映画でなくとも美しい風景であり、女の人の肉体の全部にわたって一個の時計だけが輝いていることも、すばらしい。

私は陶器をいれてある一つの居間に、一つの置時計を眼立たぬようにすえ、その機械の音が低くどこからとなくきき取れるようにしている。三千年とか二千年とかいう古陶が、あまりに冷たく歴史の翼をかさねている間を、時計がしんとしていまの時代の時間を刻んでいるのが、千年をいまに生かして眺めているようで、鑑識の眼を冴えさせてくれるようである。こういう集陶古代をかなでるために、やすものの置時計が一大交響楽の演奏にも増して栄え、名陶累古の間をちくたく音を立てているのは、全く荘厳華麗であるといってもよいのである。

室生犀星

室生犀星

『没有漫画没有人生』より「シューゲイザー」

望月ミネタロウ

僕は雑誌等に漫画を描き
その原稿料を糧にするという
極めて心細い仕事を
生業にしている。
「シューゲイザー」
原稿作業をしながら
ロックのシューゲイザーと
いわれるカテゴリーの
楽曲を聴いていて
思った……
その音楽性の事
ではなく
「シューゲイザー」
という名称についてだ。
「シューゲイザー」は
その名のとおり、まるで
靴を見つめているかのように
うつむき加減のスタンスで
歌や演奏をした姿から
「靴を見つめる人（シューゲイザー）」と
揶揄して、そう呼ばれるように
なったらしい。
そして僕は
靴を描くのが
なぜかとても
好きなのだが…

望月ミネタロウ

考えてみると僕はこの歳になってもいまだ人とうまく目を合わせられないで足元ばかりを見てるし……
もしかして靴や脚ばかりを僕が好んで描くのはそのせいなのか？
AIR
没有漫画
漫画家・峯《みね》月《づき》モチタロウの暮らしの手帳
いやてゆうか、ただの脚フェチなのかもしれない……

望月ミネタロウ

そういや
前に漫画の登場人物に
ロングウイングチップの
革靴を履かせたら
その事をよく人に
聞かれたっけ…
Alden
ロングウイングチップといえば
もうずいぶん昔の事だけど
シカゴに行った時に
移動の電車の中で見た
革靴が印象深いのだ。
向かいの席に
汚れた作業着姿の
ブルーカラーの人が手に
分厚い手袋と安全靴と
ランチボックスを抱えて
座っていたのだが、
僕が興味を
引かれたのは
その足元だった。

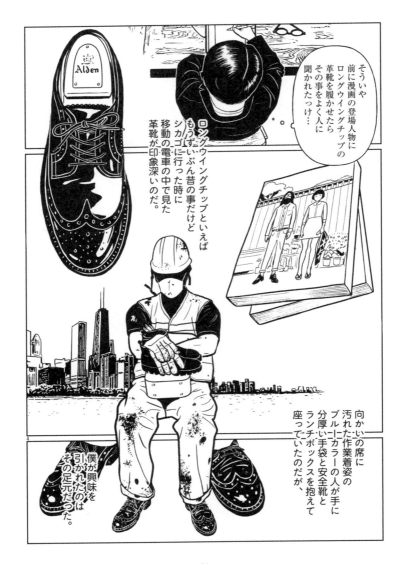

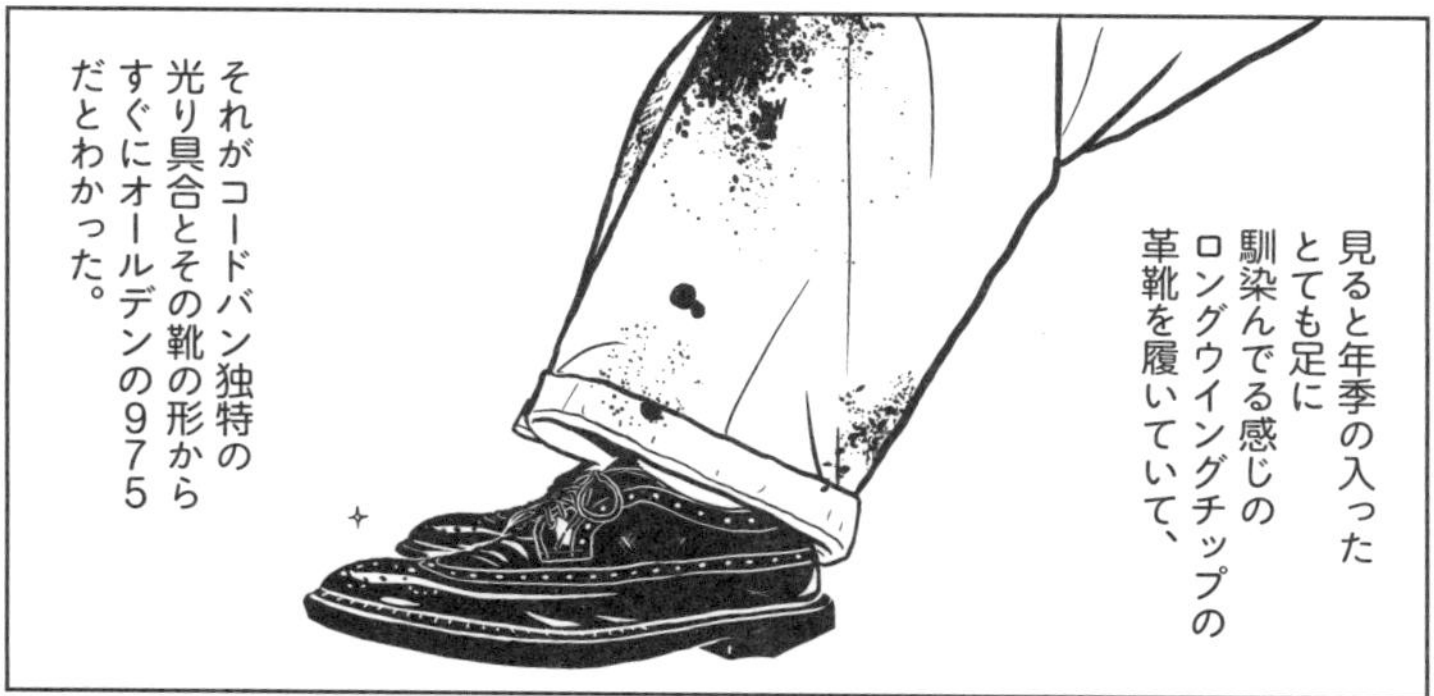
見ると年季の入った
とても足に
馴染んでる感じの
ロングウイングチップの
革靴を履いていて、
それがコードバン独特の
光り具合とその靴の形から
すぐにオールデンの975
だとわかった。

5

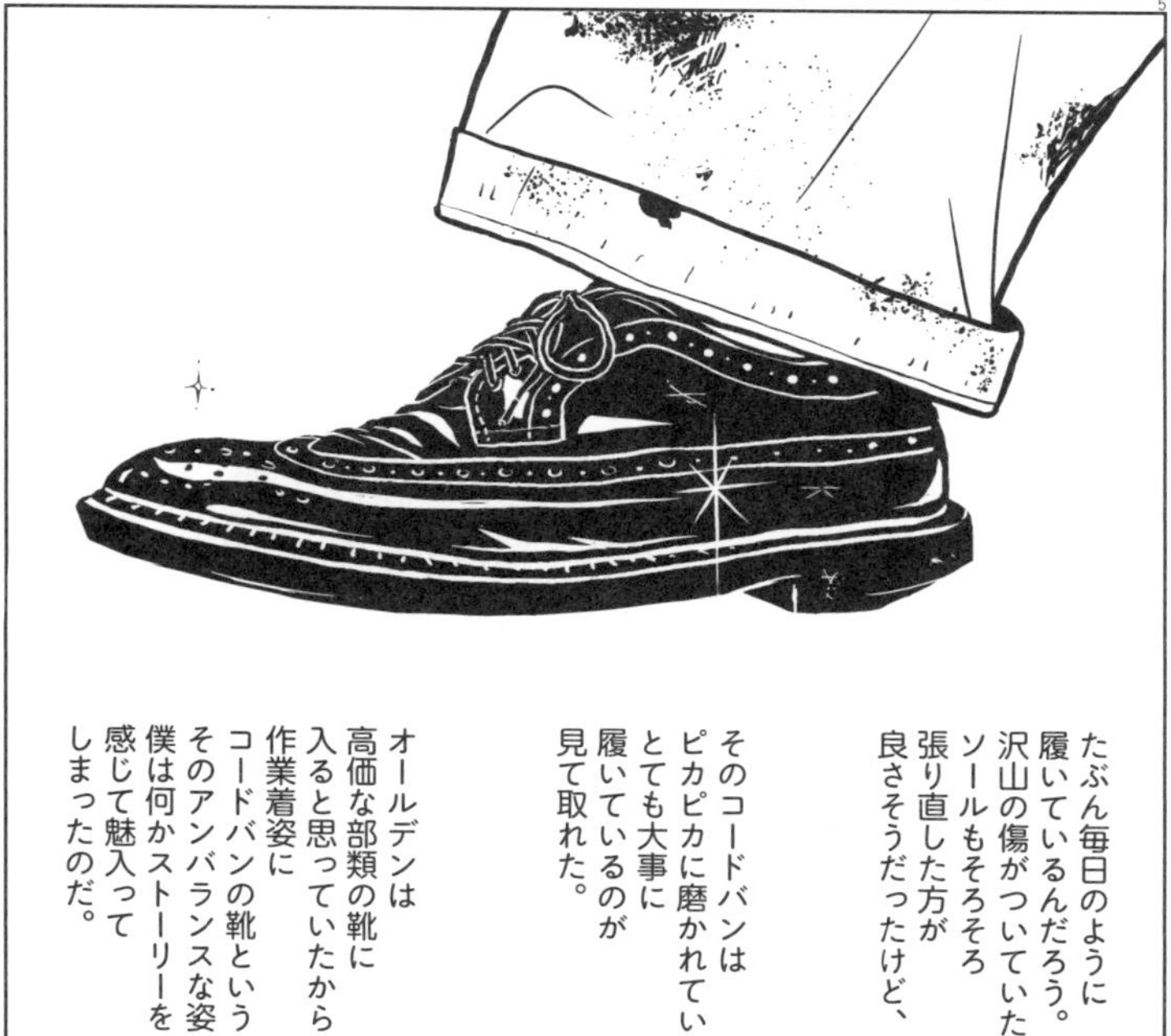
たぶん毎日のように
履いているんだろう。
沢山の傷がついていたし、
ソールもそろそろ
張り直した方が
良さそうだったけど、
そのコードバンは
ピカピカに磨かれていて
とても大事に
履いているのが
見て取れた。
オールデンは
高価な部類の靴に
入ると思っていたから
作業着姿に
コードバンの靴という
そのアンバランスな姿に
僕は何かストーリーを
感じて魅入って
しまったのだ。

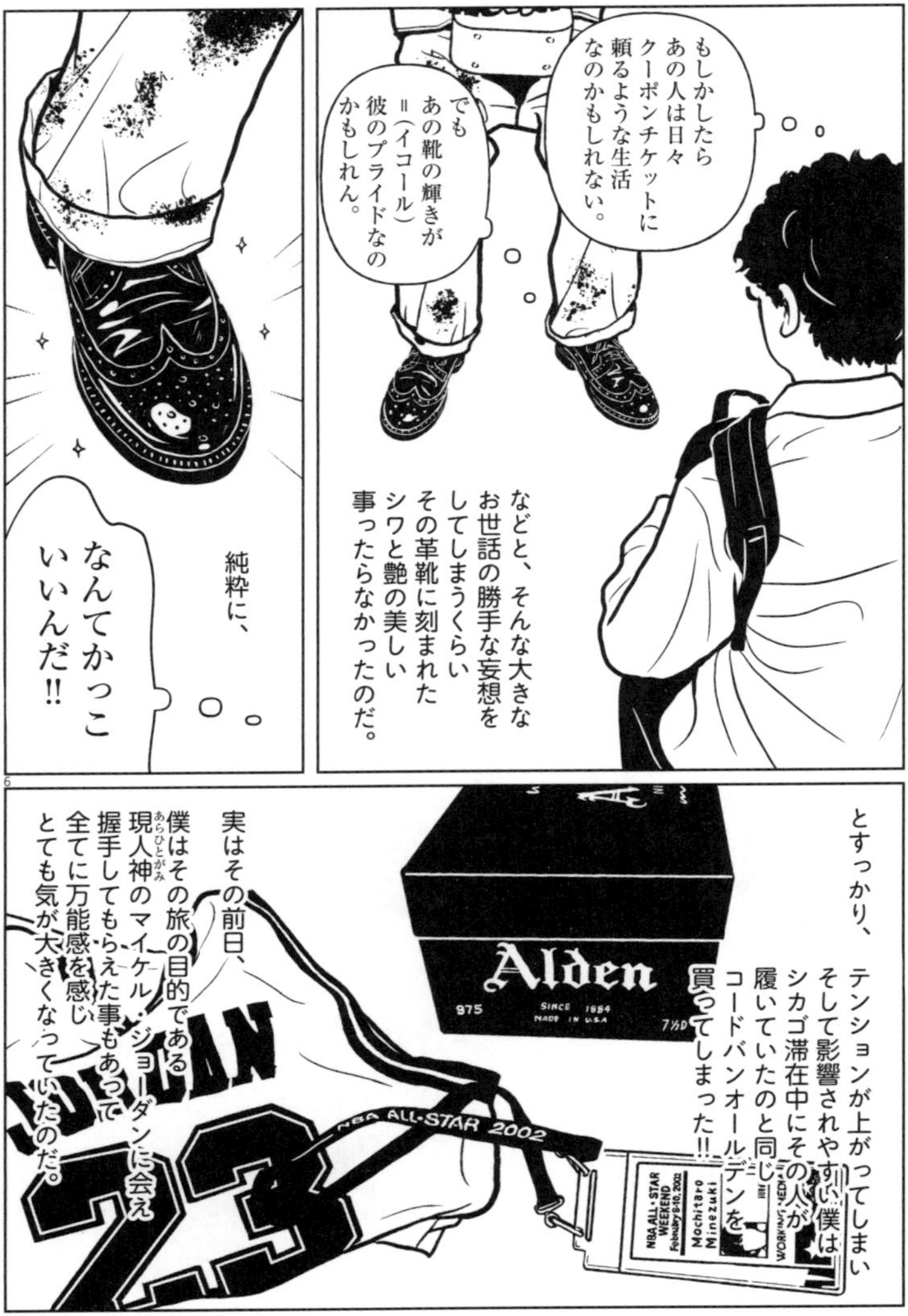

もしかしたら
あの人は日々
クーポンチケットに
頼るような生活
なのかもしれない。
でも
あの靴の輝きが
＝（イコール）
彼のプライドなの
かもしれん。
などと、そんな大きな
お世話の勝手な妄想を
してしまうくらい
その革靴に刻まれた
シワと艶の美しい
事ったらなかったのだ。
純粋に、
なんてかっこ
いいんだ!!
とすっかり、
テンションが上がってしまい
そして影響されやすい僕は
シカゴ滞在中にその人が
履いていたのと同じ
コードバンオールデンを
買ってしまった!!
Alden
975
SINCE 1884
MADE IN U.S.A
7½D
NBA ALL-STAR 2002
NBA ALL-STAR WEEKEND
February 8-10, 2002
Mochitaro Minezuki
実はその前日、
僕はその旅の目的である
現人神《あらひとがみ》のマイケル・ジョーダンに会え
握手してもらえた事もあって
全てに万能感を感じ
とても気が大きくなっていたのだ。

しかし…
実際
その靴は
僕が履いてみると
履きこなせてない感
半端なかった。
当然
まだ自分なりの
シワもないし
ただの衝動買いなので
別段ストーリー
てのもないしね…
でも気に入って結局、
そのオールデンは今も
愛用していて、もう
20年の付き合いになってしまった。
7
しかし今
考えてみると、
結局のところ
その前から
ほしかったし
購入するキッカケが
ほしかっただけ
だな。
と思う。
さっき
シューズ
ボックスを
見てみたら、

望月ミネタロウ

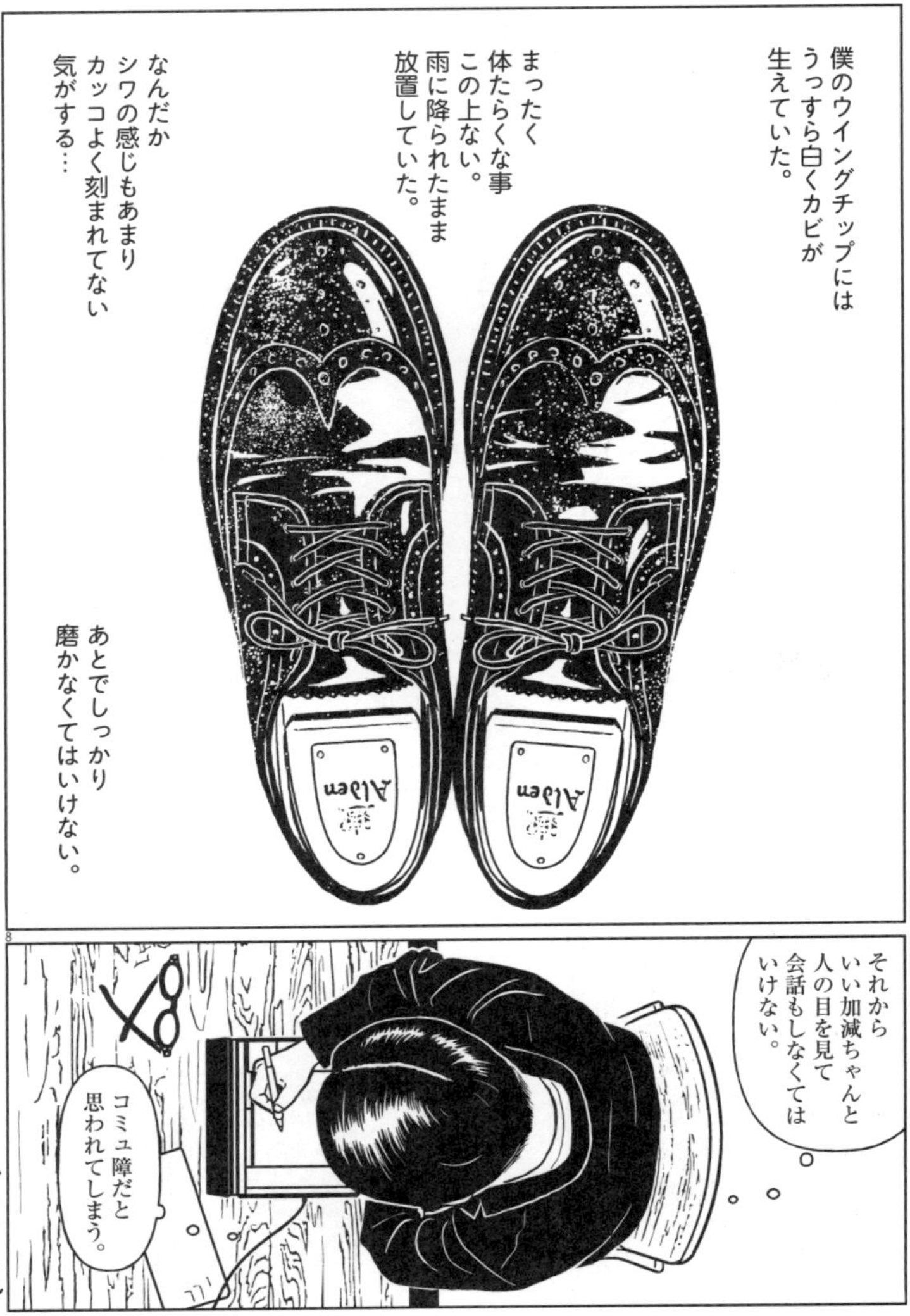
僕のウイングチップには
うっすら白くカビが
生えていた。
まったく
体たらくな事
この上ない。
雨に降られたまま
放置していた。
なんだか
シワの感じもあまり
カッコよく刻まれてない
気がする…
あとでしっかり
磨かなくてはいけない。
それから
いい加減ちゃんと
人の目を見て
会話もしなくては
いけない。
コミュ障だと
思われてしまう。
(2021 SMR)

望月ミネタロウ

レインコートの美

森茉莉

レインコートは不思議なもので、大変職業人的なものであるのに、(それも多分に現場的な、飛び歩くことが仕事、というような職業人の、である。軽くて、丸めて持って歩け、寒くなっても雨が降っても、凌《しの》ぎがつくというのが、そういう人の着る理由だろう)同時に又ロマンティックな雰囲気も持っている。それは感じがなんとなく綺麗だからで、俄雨が降って、恋人たちが二人で被って歩いても、レインコートは素敵である。綺麗といっても、ちゃんとした外出的なものとは無縁で、だからあまり体に合い過ぎない、多少ぶわついていて、外套掛けからもぎ取るようにして取って着て来たというような、皺になったままがいいのである。

何年か前、映画雑誌の菫《すみれ》色のページに、ジェラール・フィリップが皺苦茶のレインコートをぶわぶわに着て商店の扉《とびら》によりかかっている写真があって、その菫色がフィリップのやさしい、少女の春愁のような感じも出していて、眼に残っている。

そういう職場的なものだから、多少の汚れも、レインコートのよさの一つに入ってはいるが、その汚れの美は、あくまでその日の汚れをその日着ているということが条件である。上等の揮発油で脱いだ度に拭くことが必要で、男の人が拭いた場合、襟なら襟全体に暈《ぼか》して拭いてなくて、多少むらになっている、という程度は、綺麗の部類に入る。だがそれも着る時になって拭いたのでは、もしそれがランデヴーの場合、揮発油の匂いのする恋人になってしまう。

男のレインコートには幸い、花模様や薔薇色、湯葉のような黄色はなく、紺、灰色の濃淡、水灰色、ベージュ、栗茶、焦茶、カーキ色位で、どれも悪い色というのはない。裏地も大抵、燻《くす》んだ色の大柄のチェックがついていて、無造作に洋服箪笥に掛けておき、揮発油でギュウギュウ拭いて、着ていれば、大抵の人が素敵になれるというものである。

濃紺のレインコートに、それより濃い紺のネクタイか、水色のサテンの細いネクタイもいいが、カーキ色かベージュのに、地味な伊太利模様のマフラーなぞは誰が着てもいい。或る日銀座の飾窓に、灰色をおびた水色の、曇った空のような色ので、釦《ボタン》が焦茶の木製の、短いコートがあって、私は自分が美少年なら、もっている洋服を全部質に入れても買うだろうと思ったことがあるが、そんな美少年の歩く街は、今の東京にはないようである。

帽子

江國香織

大きくてかぶり心地がよく、思いきり愉快な帽子が一つ、欲しい。

おしゃれのための帽子ではなく、日よけや防寒といった機能のための帽子でもなく、ただただ愉しみのための、幸福になるための帽子だ。

まず、たっぷりと深くかぶれる形であること。やわらかく、肉厚の布であること。世界中にたった一つしかない、私だけの帽子であること。

不思議の国のアリスが招《よ》ばれたお茶会で、帽子屋がかぶっていたようなやつだ。ただし、私の欲しいのはやわらかい帽子なので、あの固そうなシルクハットから芯をすっかり抜いたようなもの。

具体的には、森のように深い緑色のベルベットでできていて、こぼれそうにたっぷりと、花が飾りつけてある。勿論、生きた花だ。友人たちの写真とか、海辺で拾ったガラスとか、干しぶどうとか、干しイチジクとか、特別な日にのんだワインのコルクとか、記念の指輪とか、いいものがたくさん飾りつけてある。小さな、なつかしいものたち。それらは帽子に直接縫いつけられていたり、細く丈夫な糸でぶらさげられたりしている。

派手というより突飛な帽子。

でも、それは私の頭のかたちにぴったりあわせて作られているので、きわめてかぶり心地がいい。耳もすっぽりおおわれ、顔も半分ちかく隠れてしまうのだが、私はその帽子をかぶると、みちたりて安心な気持ちになるだろう。愉快で、歌いだしたいような気持ちに。

そのような帽子が欲しい。

それをかぶってでかけるというのは、いわば自分の部屋ごと移動するようなものだ。幸福の記憶ごと、世界ごと。

パリという街を「移動祝祭日」と評したのはヘミングウェイだが、私の帽子もまさにそういう具合だと思う。個人的移動祝祭日。

子供のころは、帽子が嫌いだった。じゃまだと思っていた。毛糸の帽子や麦わら帽子はちくちくしたし、布の帽子はむし暑かった。もうすこし大きくなると、今度は別の理由で、帽子が苦手になった。背の高い、頭の小さいひとにしか、帽子は似合わない、という理由だ。

でも、と、最近になって私は思うのだが、帽子というのはそもそも奇妙なかたちをしているし、すくなくとも都市生活において、それは本来個人の快楽のためのものではないか、と。

私は快楽が大好きだ。不思議の国のアリスの帽子屋のように、あるいはムーミンのスナフキンのように、徹底して我道をいく帽子のかぶり方はいいなと思う。奇妙でも酔狂でもかまわない。

私は私の帽子もかぶり、強い心で愉しく生きたいものだと願う。

Ⅲ とっておきのよそいき

ジャケットを着た林芙美子

すてきなお化粧品売り場

川上未映子

デパートの、匂いの雲の、つるつるしてて、うれしいものを割り増す照明、自分たちの持ちものを、それぞれ少しの嘘をからめて少しく発揮、女の人たちいいね、いいね。

すれちがってあれもあなたこれも君でわたしも彼女、あの手つきあの野心、そんなのお断りだって！ってそんなこと、おおきな瞬きと混ぜあわされて言い返されることもない、わたしたち、よく似たものでつながって、知り尽くしてる醜いもので連れだってはいるけれど、けれどもわたしたちの両足はいつだって点以外だったことなんてこれまで生きてきた今までただの三分もないのだったから。

川上未映子

誓いの色を着た日

村田沙耶香

黒のドレスを着て行こう、と直感で決めていた。

芥川賞を頂くことになった翌日、一か月後の授賞式についての説明を聞き、「当日のお召し物、皆さん悩まれるんですが……」と衣装の話題になったときには、なぜだかもう既に、頭の中に黒いドレスを着た自分の姿が浮かんでいた。

私は黒い服をほとんど持っていない。自分にはあまり似合わない色だと思っているからだ。顔色が悪いせいか、黒を着ると青ざめているように見える。なので、白や淡いベージュなど、なるべく顔色がよく見える服を着るように心がけている。

それなのに、その日だけは、どうしても黒のドレスが着てみたくなったのだった。周りからどんな風に見えてもよかった。私はその日、誓おうとしていたのだった。だから、それにふさわしい色を身に纏いたいと思ったのだった。

受賞してからは目まぐるしい日々で、ゆっくり買い物をする余裕がある日はほとんどなかった。休日になんとか身体を起こして美容院に行き、ばさばさに伸びた前髪を切ったあと、急ぎ足で近くにあるブティックをまわった。授賞式まであと二週間を切っていた。今日買うしかないと思った。

黒いドレスなどたくさんあるから、すぐに気に入ったものが見つかるだろうと思っていたが、それは甘かった。秋冬用の長袖のものしかなかったり、やっと夏物を見つけたと思えばロングドレスでイメージと違ったりと、試着をしては鏡の中の自分に首をかしげた。やっぱり自分には、黒はあまり似合わないのかもしれないとも思った。だが、店員さんが他の色のドレスを出してきても、譲らなかった。何であろうと黒が着たいのだった。

なんでここまで黒にこだわるのだろうと考えて、そういえば子供のころ、自分が黒い服を着るのが好きだったことを思い出した。兄が生まれて六年後に生まれた私に、母は女の子らしい洋服を着せたがった。母が買ってくる可愛いピンクや花柄の洋服が、私はあまり好きではなかった。自分のお年玉で近所の安い洋品店で黒い服を買い、それを好んで着た。

「黒が好きなのねえ」

母は溜息をついた。黒は、私を高揚させる色だった。黒を着ていると、強く、逞しい自分になれている気がした。

そのころ、熱心に書いていた少女小説のヒーローも、黒を身に纏っていた。強くて、嘘をつかなくて、弱い者を全力で守る男の子。黒は、私にとってヒーローの色だった。

大人になって、特別な日に再び黒を着ようと思ったのは、あのころ紡いでいた物語の中の男の子みたいに、強く、真摯になりたかったからかもしれなかった。

これで最後にしよう、と入ったブティックで、一着のブラックドレスを見つけた。そのドレスは奥の方に静かにぶら下がっていた。ノースリーブのシンプルなドレス。スカートの部分が特徴的なシルエットをしていて、前が短くて後ろが長く、歩くと後ろでふわふわと裾が揺れる。長い裾が後ろで揺れる様子は、どこか、花嫁のヴェールを思わせた。

「これにします」

迷わず店員さんに告げた。人生で買った中で一番高いドレスだった。この黒いドレスで、小説と結婚したいと思った。私にとって、ヒーローと同時に花嫁にもなれるドレスだった。

そんなに高い洋服を買ったことがないので、お直しが終わったドレスを家に持ち帰ってからも、しわにならないか、破いたりしてしまわないか、当日まではらはらしていた。美容院に髪をセットしにいくときも、本番用のドレスは家に置いて行った。

「今から着替えるんです。真っ黒なドレスです」

そう美容師さんに告げると、美容師さんは私の髪を全部あげて編み込んだアップスタイルにしてくれた。髪をこんなふうに全部あげて首筋を出すのも、私には珍しいことだった。精いっぱいの正装で、会場へ向かった。着飾りたいというよりは、自分なりの聖なる衣装を着たいという気持ちだった。緊張していたけれど、高揚もしていた。

会場に向かう車の中で、外の光を反射して複雑に光るドレスの裾を見つめた。黒の中の光を眺めていると緊張が少し収まった。裾を握りしめたくなる衝動をおさえながら、手に持った紙に書かれたスピーチを、小さな声で何度も繰り返していた。

スピーチで喋ったのは、これから一生書いていく自分のための、私なりの誓いの言葉だった。本番では緊張で指先が震えそうになったが、しっかりしろと、黒いドレスが私の背筋を伸ばしてくれている気がした。スピーチを終えた私のところに、友達が皆で来てくれた。

「ドレスの色、意外だった」

と言われて、そうだろうなあ、と思った。私も、自分がいざというときに、真っ黒なドレスを選ぶとは思っていなかった。

たくさんの花束を頂いて家に帰り、いそいでドレスを脱いで部屋の一番いいところにかけた。薄暗い光の中で、世界に穴が開いたような、漆黒のシルエットがゆらゆらしていた。それを見て、高校の時、美術部で油絵を描いていたころ、黒い絵の具は絶対に使うな、と言われたことを思いだした。買った黒ではなく、赤や青、緑、たくさんの色を混ぜて、自分だけの黒を作らなければいけない。その言葉がとても好きで、絵をあまり描かなくなってからもずっと覚えていた。

私にとって、きっと、黒はとっておきの色なのだった。次にあのドレスに袖を通すときは、どんな特別な日なのだろう。そんなことを考えながら眠りについた。明日からは、また淡い色の服を着て小説を書く日々だ。次の誓いの日まで、あのドレスは眠り続けるのだと思う。私にとってあのドレスは、小説と生きていくことを祈るための誓いのドレスだった。いつか再びあのドレスを纏った私の中に、今度はどんな言葉が発生するのか。その特別な日を、今からとても楽しみにしている。

村田沙耶香

洋服オンチ

三島由紀夫

外国へゆくとき、タキシードを作って行った。船の中で一度着て、ニューヨークのオペラハウスへ一度着て行って、それきり着ない。イギリス人などの本当に水際立ったタキシード姿を見ると、もう一度鏡を見直さなくても、自然に着る気がしなくなるのである。オペラ劇場の入口などで、背の高いタキシードの青年が片手でドアを押し、片手で豪勢なドレスの女を擁してはいってくる。シャンデリヤの灯火が、彼の金髪と黒の蝶ネクタイと烏賊胸《いかむね》の白をくっきりと照らし出す。……こういうタキシード姿を見ては、われわれは到底絶望的だと思わざるをえない。

ソフトのかぶり方では、概してアメリカ人に感心した。映画で見ても、刑事などが上手なかぶり方をして、しかも刑事の職業的なニュアンスを出している。日本ではまだ、ソフト一つで職業的なニュアンスが出せるまでにいたらない。私はソフトは、日本人の胴体と足に不釣合な大きな面《つら》と低い鼻では、本質的に無理だと思う。あれはうつむいたときひろいツバから高い鼻の先がのぞいていなければ恰好がつかないので、一寸うつむくと帽子だけしか見えないような鼻では仕方がない。辰野博士が、日本人は鼻が低くてプロフィルがわるいから、社交ダンスはやめたほうがよいと云われたが、そのとおりである。

靴だが、フランスの男は、どんなに貧乏で、みじめったらしい服装をしていても、靴だけは青空が映るほどピカピカして、仕立卸し同様である。あれは本当のイキというもので、靴のカカトのチビたお洒落など意味がないというのが、ダンディーの言草であるが、パリではどこの町にも靴の修繕屋が沢山あって、市民は安く気軽に出入りをするのだそうである。それなら昔の日本の歯入れ屋と同じことである。

*

ところで、私は遊び友だちの間では洋服オンチだの色盲だのという定評がある。ネクタイを買うと、チンドン屋だと云われるし、洋服を作ると、すべてが洋服屋の功績に帰せられる。生《き》地《じ》を買うにも、自分の意見というものがなく、洋服屋に委《まか》せっ切りで、そうでないときは人に選んでもらう。本当のお洒落はネクタイ一つ買うにも、ほうぼうの店を歴訪して一本買うのが例であるが、私の買物は即興的で、考えなしに買って、あとで使わなくなることが多い。町を歩いていてショウ・ウインドウの中に一本気に入ったネクタイをみつける。するとそのネクタイがむこうからまっすぐに歩いて来て、私にぶつかったような気がするのである。

一度買う気もなくて、銀座の表通りを歩いているとき、一本気に入ったネクタイを見つけたことがある。そのときは大そう急いでいて、買わずに帰った。帰ってみると、そのネクタイがほしくなった。二三日町へ出る暇がなく、そのあとでそのネクタイを買いに行った。店がどうしてもみつからない。忘れる筈はないのにその店の飾窓もなく勿論ネクタイも見当らない。銀座の真中から一朝にして店が一軒消えてなくなるわけはない。私は一軒一軒店の奥まで入って調べた。しかし「あの店」の感じはなかった。

あの店は消滅し、私の一瞬見かけたネクタイも消滅したと考えるほかはない。私は歩きくたびれて、妥協して他のネクタイを買うこともなく帰って来た。あのとき私の見かけたネクタイは、一寸した幻だったのかも知れない。それが私をあざむいたのち、忽ち《たちま》外《ほか》の柄《がら》に化けて、そしらぬ顔をして飾窓の中のニッケルのネクタイ掛に掛ったたまま、再び探しに来た私を、ニヤニヤしながら観察していたのかもしれない。

＊

ネクタイも亦《また》、女のようなものである。私のネクタイは数ばかり多くなった。その中でたびたび使うネクタイは少数である。あとのネクタイは後宮の女たちのように見捨てられている。そのうちに後宮のネクタイは、三千本になるかもしれない。

＊

こういう私が、デザイナアを女主人公にした新聞小説「にっぽん製」を書いている。すべて附焼刃で、大へん心細い。しかしデザイナア界の内幕というものについては、その方面の権威の二三の婦人から、徹底的にいろいろ面白い話をきくことができた。一方、柔道家がこの小説に出てくるが、柔道界の内幕というものについては、ほとほと話の引出しに閉口している。誰も口を割ろうとしないし、「×先生は立派な方」ですというばかりである。柔道気質とデザイナア気質とは、こんなにもちがうものである。

私のびろうどの靴は

林芙美子

私のびろうどの靴は何処まで行くのだろう
私のグリンの洋服は鳩の羽根のように柔かだ
馬子にも衣裳です
私は嬉しくて太鼓を叩いて歩きたい位だった。
私の帽子には白い花が咲きみだれている
歩道に写る私の姿は
ドミエの漫画のようでもあります。
、、、、、
とんきょうなパン屋の汽笛が鳴った
私はパン屋なんかに用事はないと云うように
ちょいとスカートをつまんで

すましこんで大連の賑やかな通りを歩いていました。

林芙美子

劉生日記　大正九年

岸田劉生

三月十九日（金）　晴

展覧会用意のため上京。田中へ寄り女中に俥《くるま》頼んでもらい、十時十二分の汽車にて出る。十一時半頃磯ケ谷へ寄れば額がまだ出来ていない。しかし間に合う由《よし》。いろいろたのむ。丁度出来合いの素画のフチが四十枚ほどある由、それを京都の山本源之助へ送る事たのむ。流逸荘に行けばまだ誰も来ていず、芝川の新らしく転居した家へ行って見る。ちょっと道がわからなかった。芝川の今度の家は（後で長与〔善郎〕も知っている家だった）原田熊雄《はらだくまお》のもといた家にて古風な洋館にていい家也。余も住みたくなり、ちょっと聞いたら六月にこわす由、惜しく思う。芝川の処でひる飯御馳走《ごちそう》になる事になった処、昨日発病した下男《げなん》が天然痘《てんねんとう》だという事が分ったと知らせて来たので御馳走になるのを止《や》め芝川を辞し会場に行く。間もなく河野通勢《こうのみちせい》が来、美術雑誌記者の鵜沼《うぬま》という男がちょっと来、木村荘八《しょうはち》が来た。なかなかイソガヤ持って来ず、五時頃ようやく来る。木村、芝川から旧作水彩、麗子、村娘を借りる。画を掛けている処へ芝川氏来る。七時頃全部かけ終る。画が多いのでかかり切らぬかと心配したが、うまくかかった。それより芝川氏と、河野、木村、余の四人にて神田の風月《ふうげつ》に行き夕食御馳走になる。汽車のうまい時間がなく、九時四十分に帰る事にして、ブラブラ神田を歩く。河野は近藤の処へ行く。小川町《おがわまち》より電車にて東京駅に至り、しばらく話して乗車し、帰宅したのは十二時だった。今日は薄着《うすぎ》して来たので寒くなり風邪引きはせぬかと恐れ、スエーターや毛のシャツ買わんと思って聞いたが、どこも高くて止め、二度目に出たら文房堂の前の家にて、メリヤスの寝間着《ねまき》があって、丁度いいので買って着たら暖かになった。芝川の家からの帰りに、文房堂にて、水画具やワットマン、セーブルヘヤーの筆など求める。河野と昼過ぎパウリスタへ行ったらまずかった。

○展覧会出品目録出来《でか》す。○出品は旧作十三点新作二十点、総計三十三点也。○芝川氏、麗子微笑の素画買約す。

三月二十三日（火）　晴

早く起きる。今日は展覧会場に行く日、九時三分の汽車にて蓁と二人にて上京、蓁は歯医者に行く。朝少し曇りたれど次第によき天気となる。十時半新橋着、ステーションの二階の高等理髪店にて、久しぶりに散髪す、二ヶ月以上のばしたるまま也。しかし一円五十銭とられて少々驚く。会場に行けば昨日原太三郎《はらたさぶろう》氏来り、麗子水彩一枚買約せし由。芝川に電話かけ芝川来る。今日は洋服の附属品を買うはずにて、芝川を顧問とする也。芝川手紙持たせて木村をさそい間もなく木村来る。会場にて色々の人に会う。小泉〔鉄〕来る。伊上凡骨《いがみぼんこつ》にはじめて会う。『白樺十周年記念集』の表紙見本その他、『一本の枝』の表紙その他の見本見せる。銀座にゆきて色々とととのえるはずなりしも長与たちが来る事になっているので行き違うといけないので神田にてととのえる事にして、小泉と木村と芝川と余の四人にて出かける。靴二十五円したり。ずぼんつり、ワイシャツ、カラ、ネクタイ、カフスボタン、靴下、クツ下止め、その他いろいろ買う。芝川、小泉、いろいろ教える。流逸荘に帰れば長与一家、椿など来てあり。長与は汽車中にて財布落した由。木村洋服の着方教えに一緒に鵠沼に来るはずなりしも、千家《せんげ》〔元麿《もとまろ》〕を待つので止める。夕方椿、小泉、長与一家たちと銀座の方に行く。京橋の近くにて、支那の茶わん買う。長与や小泉たちと別れ、蓁と新橋ぎわの料理店にて夕食すまし、雨ふり出したれば俥にて新橋駅に至れば長与の妻君や子供たちに会う。長与と椿は活動写真を見ている由。武者の妻君の或《あ》るうわさ聞きちょっと驚く。九時半頃帰宅す。芝川に少々不出来なれど約束の照子支那服（出品しなかった分）を送る。芝川よろこぶ。

○川浪道三会場に来り故水野仙子《みずのせんこ》集装幀をたのむ。故人には好意あり心よく承知す。

三月二十四日（水）　雨

雨にてがっかりする。今日は展覧会最終日也。はじめて洋服着て上京す。洋服は学生の時着たきり十五年ぶりなり、こういう洋服ははじめて着るもの也。記念の日也。ネクタイ結び方分らず田中へちょっと寄って結んでもらい、椿へよって椿をさそう。椿は今日国元より母上初めて上京される由、楽しみにしていたもの也。それを迎えに椿も上京するのでさそいし也。蓁は俥にて余らは歩いて停留所へ行き、電車にのれば大阪者三人あり、「かまへん〳〵はりこんどく〳〵」と大声に呼《よば》わり三人笑う。椿しばらくそのまねする。余財布を忘れ椿に金借りる。会場にて近藤、清宮《せいみや》〔彬《ひとし》〕、川幡《かわはた》〔正光《まさみつ》〕、柳《やなぎ》〔宗悦《むねよし》〕に会う。蓁、川幡に椿の妹の事についてちょっと話す。四時頃川幡と清宮と余とで芝川を訪《たず》ねる。夕飯の御馳走になる。余の洋服は評判よろし。八時二十分の汽車にて帰るため余と川幡早く辞し、川幡とは東京駅にて別れる。川幡は横堀《よこぼり》〔角次郎《かくじろう》〕と同宿しているので、何も知らずにいて横堀が余と親交を絶つような事になった時、川幡が驚くと思ったので、内容はいわずにちょっと横堀の不信な事だけを川幡にもらして置いたら川幡驚いて、まだ余の知らぬ事実までを余に話した。横堀にも困ったものと思う。十時少し過ぎ帰宅す。麗子への約束のお人形これで二日間買いそびれたり。

旅のよそおい

檀一雄

服装についてなぞという随筆を外ならぬこの僕が頼まれようなどとは、全く思いもうけないことだった。

それも南氷洋への旅行中の服装などと——。

よろしい。

僕程の服飾の大家になると、よろず簡便を主にして、斬新、典雅《てんが》。全く奔放自在。行うところ、思いのままなのである。

何故って。僕は至るところ旅しながら、土地土地の見事な服飾、合理的な保温、通風のまことによく土地土地の気候に適合していることを知っているからだ。

寒さには何といっても満服《まんぷく》が一番だ。あの満人型防寒帽ほど快適なものはない。

だから、僕は真先に満人型防寒帽を用意した。それから、綿入りの満人型上着と考えたが、これは仲々探すのに容易ではない。が、幸いにアメリカ飛行士の払い下げ防寒上着を手に入れてきてくれた人があって、これが二千五百円であった。

愉快でしたな。

左腕の辺りにまだ飛行機のマークが残っていて、よもや盗品ではあるまいかと心配もしたが、しかし、なにしろ縦横十文字に数十条のフセの跡があり、こんなボロ上着を着用に及ぶ程、アメリカも貧乏してはおるまいと、先ずは安堵したものである。

それにしても暖かいものでしたな。しばらくは私は有頂天になって、銀座界隈の酒場を飲み歩きましたよ。

十二月一日第二天洋丸乗船。

例のアメリカパイロットの払い下げ上着を誇示しながら、ニコンを首から吊して、天晴れ南極探険の総指揮官にでもなったような気持になりました。

誠に服飾は、人間の精神状態に支配的な威力を持つものですね。が、いかにせん。三日目頃から、次第に春めいてきたかと思うと、一昼夜のうちに辺りの海は初夏の様相を呈し、一週間を過ぎる頃には全く真夏の有様になりました。

僕は威厳を保つ上から、暑いのに耐えに耐えながら、例の南極探険型上着をはずしませんでしたが、ついにその限界点に到達し、赤道海域に入ったことをみとめざるを得ませんでした。

そこで、心機一転。思い切りよく上着をぬぎ、半ズボンに換え、カッターシャツを着こんでソロモン海域の夕風を楽しもうと致しましたが、いやはや、もうワイシャツも半ズボンも汗の素《もと》で、ここに至って一切を投擲《とうてき》、ワイシャツ、半ズボンをかなぐり捨てて、フンドシ一貫と云う太古の民の姿にかえりました。

しかるに、濠洲沖合に到達するや、天晴れ、気澄んで、ア、秋と思ううち、秋も秋、晩秋の様相を呈して参りました。

しかし、そうそう志を変えたくないから、半ズボン、ワイシャツ姿の儘、持ちこたえるだけは持ちこたえようと、奮闘してみました。

それにしても、のろいのろいと思っていた船足というものは早いものですね。忽ちのうちに暴風圏に突入、三日三晩ゆすぶられて、服装もヘッタクレもあるか。シケる時にはベッドにもぐり込んで毛布を被って死んだふりに限る。

そのうち、

「オーロラですよ」

と云われ、あわててドテラ姿の儘、まのあたり幽玄な天の光りものを見た時には、全く以て、天人一如《てんじんいちによ》。服装などという馬鹿気たことなぞ、頭の中から消え去って、私のハラワタそのものが天の光りものと呼応しながら光り出してくるようにすら思えてきたことでした。

檀一雄

無欲・どん欲

沢村貞子

毎朝、床を離れると、とにかく、鏡に向って髪を結う——私の一日はそれから始まる。白髪の乱れ髪は、なんとも侘しい。

私の母も、髪だけは、いつもキチンと結っていた。父や子どもの世話で一日中休むひまもなかったけれど——髪を乱しているのを見たことがなかった。

母は一生、化粧をしなかった。目鼻立ちははっきりしていたのに、なんとなく野暮ったく見えたのは色が黒かったからだった。

二十五歳で父のところへ嫁入った日——生まれて初めての化粧を、当の花婿に、

「色の黒いのが白粉塗ったところは、まるでごぼうの白和《しらあ》えだな」

とからかわれたせいらしい。父は、坊ちゃん育ちの二枚目だった。

「私は色が黒いし、おたふくだから……」

ときどき、小さい声でそう言いながら髪を撫でつけ、手製のヘチマの水をそっと顔に塗っていた。それが母の、せいいっぱいのおしゃれだった。

（それでも、すこしはきれいになりたい）

その願いをもちつづけていたせいか、八十四歳で亡くなるまで、なんとなくこぎれいだった。苦労の皺は多かったけど、頰のあたりはすべすべしていた。晩年、私が、

「母さんの肌、きれいね」

と言うたびに

「せめて、肌ぐらいは……ねえ」

とうれしそうに笑ったものだった。一生、なりふりかまわず働いていたけれど――きれいになりたい願いはいつも、持っていたのだろう。人間は……ことに女の人は、誰しもそう思っているのではないだろうか。

その頃の母と同じ齢になった私は、同じように、毎朝、髪を結い、化粧水をつける――すこし違うのは、そのあと、軽く粉をたたき、うっすり口紅をさすこと――寄り添って暮らす人へのエチケットだから……などと、心の中で言いわけしながら。

鏡台の前の化粧水のとなりに、小さく丸い、七宝焼の容器がある。口紅入れである。前の家から、ここへ引っ越してくるとき、お気に入りの棒紅の残りを、その中へ入れてきた――色褪

せた老女の唇をなに気なく取り繕ってくれる色というのは、なかなかむずかしい。その口紅も、やっと探したものだった。今朝も、それをホンのちょっと、つけながら……

（髪がここまで白くなると、口許はもうすこし明るい方がいいかも知れない。この紅がなくなったら、今度は、もうすこし明るい色を買おうかしら）

そう思って、紅入れを眺めたトタン、気がついて、ひとり、笑ってしまった。

（……この口紅がすっかりなくなるまで、私が生きていると思っているのかしら……）

なんとも、いい気なものである。ここへ来て一年あまり、毎朝かかさず使っているというのに、口紅の量は、ちっとも減っていない。細い筆の先でほんのちょっとつけるだけだから、当り前と言えば当り前だけれど——この調子では、私がいなくなったあと、残った口紅は容器ごと、燃えないゴミの仲間入りをすることになるだろう……可哀そうに。

そう言えば、鏡台の引き出しの、蒔絵の櫛も、さんごのかんざしも、もうめったにさすこともないし、（これだけは……）と選んで持ってきた何枚かの和服も、そっくりそのまま、簞笥の中に眠っている。これから先、もういちど、手をとおすことが、あるかも知れないし……ないかも知れない。

（あれも……これも……）と、昔なじみの身のまわりの品をなんとなく思い出すうちに、

（何千億年か、何万億年か……永遠の宇宙に浮かぶ、この小さい地球に、ほんの一瞬だけ生

きる人間――その人間が一生の間に使うものの量というのは、ほんとうにわずかなもの）

そんな気がして、ものについての執着が、スッと消えゆくようで――深い溜息をついたものだった。

ところが――なんともおかしいことに、その次の瞬間、

（寒くなってきたから、新しいコートをこしらえようかしら――）

（しゃれたマフラーも欲しい）などと、次から次へ考えるのだから人間というのは、なんて欲の深い生きものだろう――と、我ながら、呆れる。

どうやら、たいていの人の心の中には、いろんな欲がギッシリ、互いに押し合いながらつまっているらしい。その中でも、真中にデンと座をかまえて威張っているのは、金欲・権力欲――隅の方に、そっと坐っている小さい欲、（せめて、肌くらいきれいに……）とか（もうすこし、明るい口紅を……）などという、いじらしい欲をぐいぐい押しのけて、ただもう、とめどもなくふくらんでゆき、しまいには自分でも始末がつかなくなるらしい。

バブル経済の風潮につい、引きずられ、踊らされ、次から次へ、あの手この手でお金をかきあつめる金欲のすさまじさは、狂っているとしか思えない。自分も会社も、いやというほど儲けたときの、おごり高ぶった様子――テレビの画面に映る得意絶頂の顔を……しらけた気持で眺めている人は、多いのではないだろうか。

(この人……こうして集めたお金をいったいどうするつもりかしら。なにかの為に使ってこそ、お金の値打ちがあるというのに、この人は生きている間にこのお金をどうやって使うのだろうか……)

などと、余計な心配をしながら。

おかしいのは――その人が、あげくの果につまずいて、何もかもご破算になったときの、ホッとしたような、おだやかな顔。欲につられて、つい背負いすぎた重い荷物を、やっと肩からおろすことができたようで、その、ホッとした表情に、見るものも、思わず――

(まあ、これでよかったわねえ)

と胸をなでおろすような気持になる。

権力欲のこわさは――自分こそ、国のため、社会のために働き、庶民を救っている、と思いこんでいること……あるいは、思っているふりをしていることではないだろうか。実は――庶民の存在など、忘れているのに……。(命をかけて……)などと言いながら、政治生命をかけて働いてくれた政治家の数は少ない。

「この程度の国民だから、この程度の政治家しか出てこない」

そんなことを言った人もいるらしい。たしかに、庶民は弱く、力がない。だからこそ、つい、テレビドラマの水戸黄門の印籠をたよりにしたくなってくる。

（なんでもいいから、有名になりたい。大ぜいの人に拍手してもらいたい）

若い人たちにそういう欲があるのは無理のないこと。

（一度でいいから輝きたい）という願いは、ささやかで可愛らしいけれど――その欲も、いい気になると、そねみ、ねたみから、烈しい憎悪になって、まわりの人を傷つけることにもなりかねないから気をつけなければ……。

ひとりで生きられない人間が、それぞれに心の中にじっと抱いているのは、愛欲。いつもは、そこにいることすら気がつかないような、もの静かなこの欲は――あるとき、突然、烈しくふくらみ、金欲、権力欲など、ほかのすべての欲を押しのけるだけの強さをもっている。この欲望の底は深い。

愛敬があるのは、食欲というところかしら。さまざまな人間の欲のうち、最後まで残るのはこの欲――とも言われている。そうかも知れない。永く暗い戦争で経験した食物の争いはほんとうにすさまじかったけれど――ただ、この欲には、ほどというものがある。おいしいものでおなかがいっぱいになれば、それで満足。

まわりの人にもわけてあげたいような気持になるところが、ちょっと可愛らしい。

（それにしても――人間の欲というのは、ほんとにきりがない。なんとかしてこの欲をみんなくせたら、どんなに穏やかに暮らせることだろう。そうなれないものかしら）

そんなことを考えながら、居間の窓辺に立って、どんよりと曇った空、暗い海を眺めていると——フッと、心の中から、陽気な声がきこえてくる。

(そんなこと言うけれど、世の中、誰も彼も一切無欲で、いい人ばっかりだったら、つまらないんじゃありませんか)

そういうのは、意地悪の欲らしい。

(そうよ、そうよ、飽き飽きして、退屈でしようがないわ)

賛成しているのは、変化の大好きな欲。

たしかに、そう言われればそんな気がする。

いろんな欲があるところが、人間の面白さかも知れない。では——その欲たちをほどよくあしらいながら、残りの人生を楽しむことにしよう。毎朝、化粧水をつけ、口紅を塗りながら……。

風が吹いて雲が切れ、海が青く光ってきた。

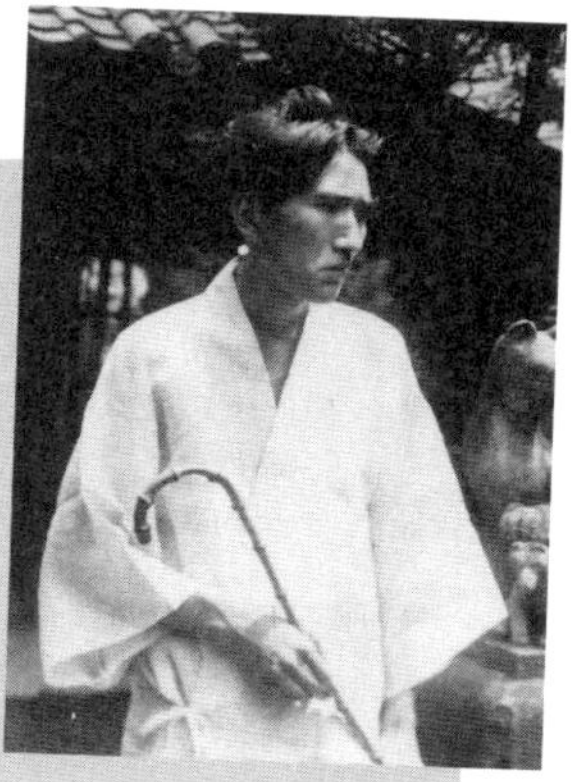

Ⅳ こだわりの着こなし

昭和11年（1936）夏　太宰治

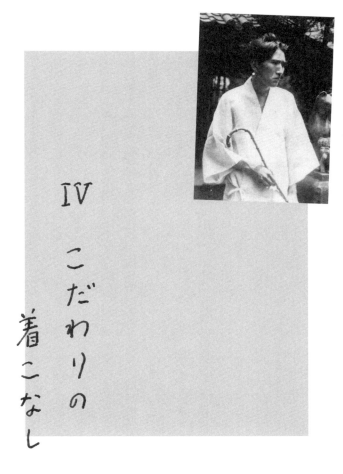

「俺様ファッション全史」より

会田誠

以前料理や住処《すみか》の話を書いたので、どうせなら衣食住で揃えたくなり、服装の話を書いてみます。僕の日頃の身だしなみを知る人々は「オマエからファッションの話なんて金輪際聞きたくねー」と言うでしょうし、こちらとしても「ファッションの話題ほどファッキンなものはない」と思っているクチですから、とにかくこれ一度きりとします。その代わり僕のファッション史をすべて語り尽くします——といっても単純な歴史なので、大して長くなりませんからご安心を。

僕の青春期のファッションを一言で言うなら「ジャージ」となるだろう。例えば美大の校内でくだけたグループ展をやった時、勝手に「ジャージー会田」というアーチストネームにされたくらい、ジャージは当時の僕の代名詞だった。美大やその前の美術予備校で僕の名前を知らなくても「ほら、あのジャージのヤツがさあ」「ああ、アイツね」などと会話が成立したこともしばしばだっただろう。基本的に24時間、365日、同じジャージを穿《は》き続けていた。

えんじ色や青など何色か穿きつぶしたが、基本的に脇に白いストライプが1、2本入った、あまりにも一般的なジャージが僕の好みだった。それは重度の精神障害者や痴呆老人が穿く、というより穿かされるタイプのものがモデルだった。つまり、人に見られて恥ずかしいとか誇らしいといった自意識がなく、ゆえにファッションに関する美的判断が皆無な人々が、親族や施設職員といった他者によって、機能性だけを理由に、本人の個性と関係なく一律に選ばれた服――としてのジャージが僕の理想だったわけだ。一応、個性や自意識というものについての考えを巡らせた挙げ句の、コンセプチュアル・アート的アプローチだった（と今にして思うが、当時その自覚があったかは正直微妙）。

そのように脳の正常な機能を人に疑わせるようなジャージを選んだ上で、僕はそれ

月刊デザインプレックス9月号　1998年9月18日
発行＝株式会社エクシードプレス

を絵具でベトベトに汚していた。わざと汚すわけではないが、「服に絵具が付かないように注意しよう」という意識を放棄したら、油絵科の学生の服なんて数ヶ月で自然と絵具まみれになるものだ。加えて地べたによく腰を下ろすし、寝る時もそのままだし、洗濯もめったにしないから、かなり離れたところにいる人に対しても、視覚と嗅覚に強いインパクトを与えることができた。また当時は好景気で、今と違い若年のホームレスがほとんどいなかったから、相手にしばしば、こちらの身分の判断不能に伴う深い不安感を与えたことだろう。僕が電車に乗るとそそくさと車両を移る女性客がよくいたが、彼女らの目は明らかに『ホームレス？　ペンキ職人？　それともアブナイ人？　何？　ぜんぜん分かんない！』という内面の声を発していた。

とりあえず服装で先制攻撃して、相手に引かせる——そういう意味では、当時日本で遅ればせに増え始めたパンクスと共通点はあっただろう。彼らが見かけの攻撃性に反して案外ナーバスな青年であるということは、当時からよく語られていたけれど、そのことも含め。ただ僕は、漠然と何らかの表現者になることを決めているだけのクソ生意気な若造で、世のパンクスさん達よりもオリジナリティへの渇望が異様に強かった。すでに確立されたジャンルの一員になる気は毛頭なかった。

自意識過剰に苦しむ上京者の一症例である。自分がどう見られているのか、いや、そもそも見られているのか見られていないのか、そのところから分からない不安に、僕の小さすぎる

心臓は耐えられなかった。それで「確実に不気味な人間として見られている」という状況を作って、とりあえずの安心を手に入れたかった。たとえ一般的な青春が第一の目的として掲げる、異性とのステキな出会いを完全に諦めたとしても、僕にはその安心の方が必要だった——。なんだか一時の「ヤマンバギャル」みたいなメンタリティだが、今にして思えばそう自己分析できる。

だらしない着こなしをむしろ好む今の若い人には想像しにくい話かもしれないが、これはカジュアルなものが最も軽蔑されていた時代——バブル全盛期の主流派に対する、僕なりの反逆心でもあった。ＤＣブランドとかボディコンとか、未だにその定義はよく分からないが、とにかく男は黒くて

会田誠

女はピチピチの、いかにも高そうなヨーロッパ製の服を着込んだ若造どもが街に溢れかえっている、まったくもって異様な時代だった（そういえば今思い出したが、予備校に不動産屋の息子で全身ＤＣブランドで固めた、18歳にして〝全身百万円の男〟と呼ばれたＴくんってのがいたっけ。40代後半の彼は今頃どこで何をして、どんな服を着ているんだろう。やっぱり休日はユニクロだったりするのだろうか）。

逆説的な現象だが、当時僕は「東京出身なの？」とよく訊かれたものだ。サンダルにジャージ姿で寝グセのまま学校に来る僕は、むしろ東京の中心部に実家があって、そこから徒歩かチャリンコで通っていると思われたのだ。そんな恥ずかしい格好で電車に乗ることが信じられない、という変に気取った連中が当時はたくさんいた。もちろんそんな誤解を狙ってやったわけではない――そこまで計算高くはない。その後オシャレに無頓着でダサい、本物の東京中心部出身者と何人か出会うことがあり、そういう種類の「ドーナツ化現象」も実際にあることを知ったが。

「最近はニューヨークの先端的なＤＪなんかがジャージを着てるらしいぞ」と時々友人から進言を受けるようになったのは、大学3年、１９８7年くらいのことだったろうか。すでに確立したジャンルに属するのがイヤな僕としては、それは当然悪いニュースだった。『あーあ、ジャージまでオシャレに取り込まれちゃう時代がくるのか』と苦々しく思った。さらに、ジャージの滑り落ちやすいポケットのせいで財布を二度紛失したこともあり、僕とジャージの蜜月期はしだいに終わりを告げていった（ついでに言えば、最近の若手お笑い芸人が舞台コスチュームとして着るジャージというものもある。オシャレとは別の目的とはいえ、これもジャージのお茶の間レベルの大メジャー化であり、往年のアングラ・ジャージ・ユーザーとしては複雑な心境である）。

大学院に進んだ頃からは、安いナイロン製の真っ青なパンタロン（具体的に言えば西日暮里の問屋の見切り品３００円）や、寅壱の真っ黄色な鳶《とび》ズボンなども穿くようになったが、いずれにしても僕にとって大切なのは〝彩度〟だった。全身、彩度１００パーセントじゃないと気が済まない。フォトショップの色調補正で彩度のレバーを右に振り切った、あの状態。自分に似合っているかどうかは問題じゃない、そもそも鏡なんて見ない。とにかく振り切れていなきゃあイヤ。中間色なんて気の弱い色彩が自分の肉体にまとわりついていると考えるだけで憂鬱になる——。

服の色に限って言えば、当時の僕は完全に目立ってナンボのチンピラだった。あるいは、緑や紫やオレンジ色といった混色さえ気持ち的に許されなくなり、赤青黄の三原色にだけ愛着を感じるようになったあたり、もはやモンドリアンが後期に至った、あの還元主義的境地に近づいていたのかもしれない。

わが服装哲学

服によって、あらゆる民族、鳥獣になる権利がある。

森 敦

人間はなんらかの意味で、自己を自己らしく表現することによって、はじめて他と異なるところのゆえんを示す、自己たり得るものである。したがって、自己を自己らしく表現することができなければ、ほとんど他と異なるゆえんを示す、自己たり得るとは言えないであろう。ここにおいて、個性なるものが云々されるのだが、これは必ずしも押し及ぼして、服装にも言えぬことではない。それは鳥獣が集団化したとはいえ、個性的な天与の服装を持っているから、他の鳥獣と異なるゆえんを示すことができるので、この天与の服装を失えば他の鳥獣と異なるゆえんを、示すことができないのと同様である。

ぼくはいつも白か黒のトックリセーターを着て、ネクタイをしたことがない。それで結構おしゃれのように思われているが、白か黒を好むのはそれが色ではなく、したがってあらゆる色でもあると考えているからである。なぜなら、あらゆる色彩の光線を合わせたものが白であり、あらゆる色彩の染料を合わせたものが黒である。しかも、トックリセーターはネクタイなどという、面倒なものを必要としないばかりか、すればかえって滑稽にすらなるしろものなのだ。

先年、韓国の首相金鍾泌に招かれてソウルに行ったとき、周囲の者から韓国は礼節を重んじる国である。いやしくも一国の首相に会うのに、ネクタイもしないようではと言われあわててそれに見合うワイシャツまで用意してくれた。ところが、金鍾泌首相からそんな心配はしないでもと笑われたばかりではない。やがて、その写真がでかでかと日本の新聞に出たものだから、友人たちからまでなんだか君がへんなものを首に下げているので、だれかと思ったよと笑われた。

それで、先ごろ三木首相とテレビ対談をしたときには、ことさらにワイシャツ、ネクタイなどはせず、白のトックリセーターで出掛けて行った。ただ、なんの断りもしないのでは礼を失すると思い、金鍾泌首相と会ったとき、ワイシャツにネクタイなどしてかえって笑われたというと、三木首相もご機嫌でそれはあなたがリベラリストだからですよ、リベラリストこそ真の人間であると笑った。しかし、そういう三木首相はキチンと服装を整えワイシャツにネクタイをしている。してみれば、三木首相はリベラリストでなく、リベラリストでないが故に、真の人間ではないことになるではないかとおかしくなったが、これはむろんぼくのいたずらな心のさせるわざである。

ぼくにはぼくの好みの、トックリセーターで押し通す権利のあるがごとく、三木首相にはワイシャツにネクタイという、あのキチンとした服装で押し通す権利がある。そして、それが権利であって義務でないところに、リベラリストのリベラリストたるゆえんがある。いや、もしそれがほんとうにみずからの好むところであるなら、その服装においてあらゆる民族、鳥獣になる権利すらあるので、そうした権利を行使することによって、この世の眺めがどんなにか豊かにされていると言っていいのだ。

ぼくは近頃まったく洋服になってしまったが、かつてはほとんど和服でいた。それもおなじものを少なくとも二着はつくってい、いつもおなじ姿でいたから、奈良や京都、大阪の料亭に、東大寺の人たちと出入りしていたころには、玄人すじから粋な服装をしているといわれたものである。ところが、いわゆる放浪の生活にはいってからは、いつもおなじ服装をしているので、着物を一つしか持たない人ではないかと思っていたなどと、このごろふたたび訪ねると当時のことを思いだしたように、山の人、海の人から笑われる。

そうした年少のころからのおしゃれのやり方が習い性となって、いまのぼくの白か黒のトックリセーターになっているのかもしれないが、といって時に歩行者天国などを歩き、若者たちがあらゆる民族、鳥獣になる権利を行使しているのに、むしろ歓びを感じないではいられない。トンボ眼鏡がはやれば、だれもかれもトンボ眼鏡というふうに、ファッション化への迎合を思わせられぬでもないものの、それもいわば集団化した個性として、ぼくはこれを否定しようとは、夢、考えないのである。

かつてぼくはこう書いたことがある。日本民族は、遥かエジプトに端を発する太陽の子としてコメとともに南洋諸島から、黒潮に乗って来たといわれる。また、ハンガリー、蒙古を結ぶ線上のウラルアルタイ語系を用い、大陸民族の文明とともにその血を受け入れて来た。したがって、それら諸民族の顔をとったフイルムを重ね合わせれば、日本人の顔が形成される。それは長い封建的栄養失調によって、ひとつのフォルムにまで沈澱していたのだが、いまはさような呪縛から解き放たれ日本人の顔はふたたび溌剌として、それら諸民族の顔に還元しつつあるようだ、と。されば、服装にしてもまさに、これに対応してしかるべきものではあるまいか。

「服装に就いて」より

太宰治

ほんの一時ひそかに凝《こ》った事がある。服装に凝ったのである。弘前《ひろさき》高等学校一年生の時である。縞《しま》の着物に角帯をしめて歩いたものである。そして義太夫《ぎだゆう》を習いに、女師匠のもとへ通ったのである。けれどもそれは、ほんの一年間だけの狂態であった。私は、そんな服装を、憤怒を以《もっ》てかなぐり捨てた。別段、高邁《こうまい》な動機からでもなかった。私が、その一年生の冬季休暇に、東京へ遊びに来て、一夜、その粋人の服装でもって、おでんやの縄のれんを、ぱっとはじいた。こう姉さん、熱いところを一本おくれでないか。熱いところを、といかにも鼻持ちならぬ謂《い》わば粋人の口調を、真似たつもりで澄ましていた。やがてその、熱いところを我慢して飲み、かねて習い覚えて置いた伝法《でんぼう》の語彙《ごい》を、廻らぬ舌に鞭打《むちう》って余すところなく展開し、何を言っていやがるんでえ、と言い終った時に、おでんやの姉さんが明るい笑顔で、兄さん東北でしょう、と無心に言った。お世辞のつもりで言ってくれたのかも知れないが、私は実に興覚めたのである。私も、根からの馬鹿では無い。その夜かぎり、粋人の服装を、憤怒を以て放擲《ほうてき》したのである。それからは、普通の服装をしているように努力した。けれども私の身長は五尺六寸五分（五尺七寸以上と測定される事もあるが、私はそれを信用しない。）であるから、街を普通に歩いていても、少し目立つらしいのである。大学の頃にも、私は普通の服装のつもりでいたのに、それでも、友人に忠告された。ゴム長靴が、どうにも異様だと言うのである。ゴム長は、便利なものである。靴下が要らない。足袋《たび》のままで、はいても、また素足にはいても、人に見破られる心配がない。私は、たいてい、素足のままではいていた。ゴム靴の中は、あたたかい。家を出る時でも、編上靴のように、永いこと玄関にしゃがんで愚図愚図《ぐずぐず》している必要がない。すぽり、すぽりと足を突込《つっこ》んで、そのまますぐに出発できる。脱ぎ捨てる時も、ズボンのポケットに両手をつっこんだままで、軽く虚空を蹴《け》ると、すぽりと抜ける。水溜りでも泥路でも、平気で濶歩《かっぽ》できる。重宝なものである。なぜそれをはいて歩いては、いけないのか。けれどもその親切な友人は、どうにも、それは異様だから、やめたほうがいい、君は天気の佳い日でもはいて歩いている、奇を衒《てら》っているようにも見える、と言うのである。つまり、私がおしゃれの為にゴム長を、はいて歩いていると思っているらしいのである。ひどい誤解である。私は高等学校一年の時、既に粋人たらむ事の不可能を痛感し、以後は衣食住に就いては専《もっぱ》ら簡便安価なるものをのみ愛し続けて来たつもりなのである。けれども私は、その身長に於《お》いても、また顔に於いても、あるいは鼻に於いても、確実に、人より大きいので、何かと目ざわりになるらしく、本当に何気なくハンチングをかぶっても、友人たちは、やあハンチングとは、思いつきだね、あまり似合わないね、変だよ、よした方がよい、と親切に忠告するので、私は、どうしていいか判らなくなってしまうのである。細工《さいく》の大きい男は、それだけ、人一倍の修業が必要のようである。自分では、人生の片隅に、つつましく控えているつもりなのに、人は、なかなかそれを認めてくれない。やけくそで、いっそ林銑十郎閣下のような大鬚《おおひげ》を生やしてみようかとさえ思う事もあるのだが、けれども、いまの此《こ》の、六畳四畳半三畳きりの小さい家の中で、鬚ばかり立派な大男が、うろうろしているのは、いかにも奇怪なものらしいから、それも断念せざるを得ない。いつか友人がまじめくさった顔をして、バアナアド・ショオが日本に生れたらとても作家生活が出来なかったろう、という述懐をもらしたので私も真面目に、日本のリアリズムの深さなどを考え、要するに心境の問題なのだからね、と言い、それからまた二つ三つ意見を述べようと気構えた時、友人は笑い出して、ちがう、ちがう、ショオは身の丈七尺あるそうじゃないか、七尺の小説家なんて日本じゃ生活できないよ、と言って、けろりとしていた。私は、まんまと、かつがれたわけであるが、けれども私には、この友人の無邪気な冗談を心から笑う事は出来なかった。何だか、ひやりとしたのである。もう一尺、高かったなら！　実に危いところだと思ったのである。

私は高等学校一年生の時に、早くもお洒落の無常を察して、以後は、やぶれかぶれで、あり合せのものを選択せずに身にまとい、普通の服装のつもりで歩いていたのであるが、何かと友人たちの批評の対象になり、それ故、臆《おく》して次第にまた、ひそかに服装にこだわるようになってしまったようである。こだわるといっても、私は自分の野暮《やぼ》ったさを、事ある毎に、いやになるほど知らされているのであるから、あれを着たい、この古代の布地で羽織を仕立てたい等の、粋《いき》な欲望は一度も起した事が無い。与えられるものを、黙って着ている。また私は、どういうものだか、自分の衣服や、シャツや下駄《げた》に於いては極端に吝嗇《りんしょく》である。そんなものに金銭を費す時には、文字どおりに、身を切られるような苦痛を覚えるのである。五円を懐中して下駄を買いに出掛けても、下駄屋の前を徒《いたず》らに右往左往して思いが千々《ちぢ》に乱れ、ついに意を決して下駄屋の隣りのビヤホオルに飛び込み、五円を全部費消してしまうのである。衣服や下駄は、自分のお金で買うものでないと思い込んでいるらしいのである。また現に、私は、三、四年まえまでは、季節季節に、故郷の母から衣服その他を送ってもらっていたのである。母は私と、もう十年も逢わずにいるので、私がもうこんなに分別くさい鬚男になっているのに気が附かない様子で、送って来る着物の柄模様は、実に派手である。その大きい絣の単衣《ひとえ》を着ていると、私は角力《すもう》の取的《とりてき》のようである。或《ある》いはまた、桃の花を一ぱいに染めてある寝巻の浴衣《ゆかた》を着ていると、私は、ご難の楽屋で震えている新派の爺さん役者のようである。なっていないのである。けれども私は、与えられるものを黙って着ている主義であるから、内心少からず閉口していても、それを着て鬱然と部屋のまん中にあぐらをかいて煙草をふかしているのであるが、時たま友人が訪れて来てこの私の姿を目撃し、笑いを嚙み殺そうとしても出来ない様子である。私は鬱々として楽しまず、ついに立ってその着物を或る種の倉庫にあずけに行くのである。いまは、もう、一まいの着物も母から送ってもらえない。私は、私の原稿料で、然るべき衣服を買い整えなければならない。けれども私は、自分の衣服を買う事に於いては、極端に吝嗇なので、この三、四年間に、夏の白絣一枚と、久留米《くるめ》絣の単衣を一枚新調しただけである。あとは全部、むかし母から送られ、或る種の倉庫にあずけていたものを必要に応じて引き出して着ているのである。たとえばいま、夏から秋にかけての私の服装に就いて言うならば、真夏は、白絣いちまい、それから涼しくなるにつれて、久留米絣の単衣と、銘仙《めいせん》の絣の単衣とを交互に着て外出する。家に在る時は、もっぱら丹前《たんぜん》下の浴衣である。銘仙の絣の単衣は、家内の亡父の遺品である。着て歩くと裾《すそ》がさらさらして、いい気持だ。この着物を着て、遊びに出掛けると、不思議に必ず雨が降るのである。亡父の戒めかも知れない。洪水にさえ見舞われた。一度は、南伊豆。もう一度は、富士吉田で、私は大水に遭い多少の難儀をした。南伊豆は七月上旬の事で、私の泊っていた小さい温泉宿は、濁流に呑まれ、もう少しのところで、押し流されるところであった。富士吉田は、八月末の火祭りの日であった。その土地の友人から遊びに来いと言われ、私はいまは暑いからいやだ、もっと涼しくなってから参りますと返事したら、その友人から重ねて、吉田の火祭りは一年に一度しか無いのです、吉田は、もはや既に涼しい、来月になったら寒くなります、という手紙で、ひどく怒っているらしい様子だったので私は、あわてて吉田に出かけた。家を出る時、家内は、この着物を着ておいでになると、また洪水にお遭いになりますよ、といやな、けちを附けた。何だか不吉な予感を覚えた。八王子あたりまでは、よく晴れていたのだが、大月で、富士吉田行の電車に乗り換えてからは、もはや大豪雨であった。ぎっしり互いに身動きの出来ぬほどに乗り込んだ登山者あるいは遊覧の男女の客は、口々に、わあ、ひどい、これあ困ったと豪雨に対して不平を並べた。亡父の遺品の雨着物を着ている私は、この豪雨の張本人のような気がして、まことに、そら恐しい罪悪感を覚え、顔を挙げることが出来なかった。吉田に着いてからも篠《しの》つく雨は、いよいよさかんで、私は駅まで迎えに来てくれていた友人と共に、ころげこむようにして駅の近くの料亭に飛び込んだ。友人は私に対して気の毒がっていたが、私は、この豪雨の原因が、私の銘仙の着物に在るということを知っていたので、かえって友人にすまない気持で、けれどもそれは、あまりに恐ろしい罪なので、私は告白できなかった。火祭りも何も、滅茶滅茶になった様子であった。毎年、富士の山仕舞いの日に木花咲耶姫《このはなさくやひめ》へお礼のために、家々の門口に、丈余の高さに薪《まき》を積み上げ、それに火を点じて、おのおの負けず劣らず火焰《かえん》の猛烈を競うのだそうであるが、私は、未だ一度も見ていない。ことしは見れると思って来たのだが、この豪雨のためにお流れになってしまったらしいのである。私たちはその料亭で、いたずらに酒を飲んだりして、雨のはれるのを待った。夜になって、風さえ出て来た。給仕の女中さんが、雨戸を細めにあけて、

「ああ、ぼんやり赤い。」と呟《つぶや》いた。私たちは立っていって、外をのぞいて見たら、南の空が幽《かす》かに赤かった。この大暴風雨の中でも、せめて一つ、木花咲耶姫へのお礼の為に、誰かが苦心して、のろしを挙げているのであろう。私は、わびしくてならなかった。この憎い大暴風雨も、もとはと言えば、私の雨着物の為なのである。要らざる時に東京から、のこのこやって来て、この吉田の老若男女ひとしく指折り数えて待っていた楽しい夜を、滅茶滅茶にした雨男は、ここにいます、ということを、この女中さんにちょっとでも告白したならば、私は、たちまち吉田の町民に袋たたきにされるであろう。私は、やはり腹黒く、自分の罪をその友人にも女中さんにも、打ち明けることはしなかった。その夜おそく雨が小降りになったころ私たちはその料亭を出て、池のほとりの大きい旅館に一緒に泊り、翌《あく》る朝は、からりと晴れていたので、私は友人とわかれてバスに乗り御坂峠《みさかとうげ》を越えて甲府へ行こうとしたが、バスは河口湖を過ぎて二十分くらい峠をのぼりはじめたと思うと、既に恐ろしい山崩れの個所に逢着《ほうちゃく》し、乗客十五人が、おのおの尻端折《しりはしより》して、歩いて峠を越そうと覚悟をきめて三々五々、峠をのぼりはじめたが、行けども行けども甲府方面からの迎えのバスが来ていない。断念して、また引返し、むなしくも

とのバスに再び乗って吉田町まで帰って来たわけであるが、すべては、私の魔の銘仙のせいである。こんど、どこか旱魃《かんばつ》の土地の噂《うわさ》でも聞いた時には、私はこの着物を着てその土地に出掛け、ぶらぶら矢鱈《やたら》に歩き廻って見ようと思っている。沛然《はいぜん》と大雨になり、無力な私も、思わぬところで御奉公できるかも知れない。私には、単衣はこの雨着物の他に、久留米絣のが一枚ある。これは、私の原稿料で、はじめて買った着物である。私は、これを大事にしている。最も重要な外出の際にだけ、これを着て行くことにしているのである。自分では、これが一流の晴着のつもりなのであるが、人は、そんなに注目してはくれない。これを着て出掛けた時には、用談も、あまりうまく行かない。たいてい私は、軽んぜられる。普段着のように見えるのかも知れない。そうして帰途は必ず、何くそ、と反骨をさすり、葛西《かさい》善蔵の事が、どういうわけだか、きっと思い出され、断乎としてこの着物を手放すまいと固執の念を深めるのである。

ピアスの穴

米原万里

「わーっ、可愛い！」

思わずなかをのぞき込む。プラハに移り住んだばかりの晩秋、妹と近くの公園を散歩していて出会った若いお母さんが引いていた乳母車。気温が氷点下に迫る寒さのなかでふんわりした布団にくるまれた赤ちゃんはスヤスヤ寝息を立てていた。ふっくらした頰は突つきたくなるくらいプリンプリンしている。生後半年も経っていないだろう小さな小さな女の子。淡いピンク色の帽子は幾重にもレースに縁取りされている。レースの花びらの付け根あたりから、見え隠れする耳たぶが赤くキラキラ光っている。

目を凝らして、わたしと妹はのけぞった。赤い光は、宝石らしい。その宝石は、耳たぶに埋め込まれたみたいに見える。

「産まれたての赤ん坊に、その子が女の子だった場合、そのまま病院で耳に穴を開けてしまうんですな」

ずいぶん前からプラハに住んでいる日本人のおじさんが教えてくれた。

「ほっとくと、穴がふさがってしまうから、純金のピアスを通しっぱなしにしとくんだそうですよ」

それ以来、気になって街を行き交う女性の耳元に目をやるようになった。すると、就学前の児童からヨボヨボの老婆まで、なんと一〇人に九人が、耳にピアスをしている。さすが、元牧畜民。馬蹄や牛の鼻輪みたいに、これはもう、身体の一部みたいだ。

「あら、耳に穴が無いのね」

チェコ人の女の子は、親しくなると、よく言った。

「クリップス（ピアスではないイヤリング）だと、耳が痛くなるから、あなたも穴開けとくといいのに」

「いいの、大人になってもイヤリングなんてつける気ないから」

答えながら、そのころ見た映画の一シーンを思い出して身震いした。

題名も忘れたその映画のなかで、二人の女が、一人の男をめぐって口汚く罵《のの》り合いながら取っ組み合いのけんかをする。そして、クライマックスのところで、一方の女がもう一方の女のピアスをグイッと摑《つか》み取ると、耳たぶがちぎれてポタポタ血が滴《したた》り落ちた。

ああ怖い。あんな痛い目にあうぐらいなら、万が一、イヤリングをつける羽目になってもクリップスでガマンしよう。そのときは、そう思っていた。

十代前半から二十代にかけて、踊り子になりたいと夢見るようになった。といっても、明らかに容姿も才能の一部であるクラシック・バレエは、身のほどをわきまえてあきらめていた。民族舞踊などのキャラクター・ダンスならば、いい線までいけるのではないか。そんな一縷《いちる》の望みを捨てきれずに、某舞踊学校に通ってもいた。

外国の民族舞踊団の公演があると知ると、二食抜いても切符を入手したし、いいフラメンコ・ダンサーが何とかいう店に出ていると聞けば、取るものも取りあえずのぞきに行った。

そのころ、散々迷ったのが、ピアスの穴だ。イヤリングが踊っている最中落ちてしまうことがよくある。落ちなくても、そのことで気が散る。ピアスならば、絶対に落ちないだろう。取っ組み合いのけんかをするほどのドラマは、自分の人生にはありそうにないなと分かりかけてもいた。

二四金のピアスを購入し、何度も施術師の扉の手前まで足を運んだ。でも、結局扉をたたきはしなかった。

ためらった理由は、そのころ出会ったスペイン人の元フラメンコ・ダンサー。八十歳はゆうに越えた彼女の耳たぶには、いつも大ぶりで派手なピアスがぶらさがっていた。しかし、ひときわ目立つのは、ピアスではなく、ピアスの穴だった。ビローンと重力の方向に、原型に戻るのは無理なほど伸びきったそれは、目をそむけたくなるほどグロテスクだった。

　その後、自分の才能に見切りをつけたわたしの手元には、今も二四金のピアスがある。それを見ていて、ある日気づいた。自分が耳に穴を開けるのをためらったのは、その穴のグロテスクな未来形のせいなどではなくて、踊りという才能だけが頼りの不安定な分野で一生やっていく自信がなかったせいなのだと。

買物

菊池寛

私は、自分の物は、殆《ほと》んど何も買わない。私は、調度家具そんなものにちっとも興味がないのである。だから、今までにそんな物は何一つ買ったことがない。

身の廻りのものは、ステッキ、帽子、ネクタイ、靴下などを、折々自分で買う。その中でもネクタイを買うのが道楽だ。何か、買物をしたくなると、ネクタイを買うことにしてある。それで、私の買物欲は、満足されるわけである。

偶に、妻や娘の着物、乃至《ないし》は人に贈る着物などを自分で買いに行くことがある。そんな時、一目見て気に入ると、一気に買ってしまう。私は気短かである上に、自分の趣味が定まっているのだ。だから僕の買った着物は、どれもこれも同じような縞柄ばかりだ。

買物が早い丈に、妻のお伴などをして、デパートへ行くのは一番苦痛だ。一枚の着物を選ぶのに、十分も二十分もかかると、傍にいてもジリジリして来るのだ。

反物には、ある特定の人に似合う似合わないは別として、その反物自身としては、とてもいいものがある。しかし、特定の人に似合うか似合わないかを見定めることは、なかなかむつかしい事だと思う。反物を見る眼も肥えていると同時に、その特定の人を見る眼も肥えていなければならない。

女の人は、反物の鑑定は、上手でも、自分自身の鑑定には、相当狂いがあると見なければならない。反物を鑑定すると同時に、自分自身をハッキリ鑑定している人をこそ、いい好みの人と云うべきであろう。

各デパートにも、買物相談係と云うのを置き、お客の買物選定の顧問となるようにしたら、何うだろうか。

売り場の人達は、何うしても我田引水的になり易いだろうから、そうした顧問がいて、公平に近い第三者的な立場から、お客の顧問になった方が、結局はより多くの満足を、お客に与えることになりはしないか。

外套

江戸川乱歩

服装のことを聞かれると、何よりも先ず思い浮ぶのは、男の和装の時の外套という困りものの事である。所謂《いわゆる》二重廻しというもの程非美術的な不調和な代物はないと思う。和装に毛のシャツは外道だなどとはよく耳にする所だが、袖口から覗いているシャツはまだしもだと思う。二重廻しに至っては、凡《およ》そこれ程和服に不調和なものはないのに、外套については余り不服を聞かないのはおかしい。

伝来の径路はよく知らないけれど、あれは多分インバネス・コートの改悪だと思う。救世軍士官や小学生の制服を聯想《れんそう》するあの折襟が凡そ不粋な型であるし、防寒の為とは云え、着物よりも長い裾はひどく美観をさまたげる。よく身に着いたイヴニング・ドレスの上に、あの蝙蝠のような羽根外套を羽織っているのは、実に粋に見えるのだが、それが和服の上となると、なぜああも不粋《ぶいき》になるのか不思議な位である。これは和洋混用の不調和が第一には相違ないが、形だけから云えば、襟の型と裾の長さが大きな理由になっていると思う。襟を洋服と同じV字型にして、裾を羽織よりも少し長目の程度に止めたら、もう少し見直すのではないだろうか。つまり西洋の夜会服の上に羽織るものと同じ形にするのだ。頸《くび》が寒ければ襟巻がある。洋装のように襟巻に意匠をこらす道も開けようというものである。

真冬の二重廻しは、防寒の必要に迫られるので、先ず致方《いたしかた》ないとしても、二重廻し型の合外套というものは、私には無用の長物としか考えられない。下の着物を汚さない為の塵よけとして僅かに意味があるけれど、塵よけの為に合外套を着る人は非常に少いのではないかと思う。ほこりっぽい田舎道の散歩でもするなら格別、タクシーに乗って家から家へ出向くのに、塵よけの必要は殆どない。そういう時にまで、面倒な上に不恰好な外套を態々着用に及ぶというのは、流行とは云いながら凡そ無意味の沙汰である。

和服と二重廻しの不調和にやや敏感な人々は、それは今の所芸人社会と文人の一部分、下町の商家の人達に限られているようだが、俗にモジリ外套というものを用いている。だが、これはこれで又、どうも困りものだと思う。決して和服の味と調和しない。粋がかった方面の年増の婦人などが、太い毛糸で編んだ半コート風のものを羽織って外出しているのを見ると、あれはどうも屋内のもので、決して外出着ではない。モジリ外套からはそれと似た感じを受ける。何となく不精めき略式めいていて、正装という感じが来ない。それでも、和服に調和するのならばだけれど、不調和は二重廻しと大差ないのである。

蚕は動物と云えば動物に違いないけれど、絹糸でも木綿糸でも、なんとなく植物性の感じを持っている。和服というのは、それが日本人種本来の植物性と相調和して発達し洗煉されて来たので、そういう和服の上にいきなり動物性の太い毛織物を重ねるということが無理なのではないかと思う。外套の不調和は毛織の生地と釦仕掛にあると云ってもいい。釦というものも、元来動物性のものである。純粋の和装をする時は、釦仕掛のシャツは勿論、足袋の鞐《こはぜ》さえも目触りと感じるのが本当だと思う。どうもああいう便利主義のメカニズムは和服の趣味ではない。外套ではそれが何倍にも何十倍にも目立つのである。

実用主義のコンクリート建築や、流線型の交通機関が一般化し、そこに近代美というようなものが見出されて行く時代に、凡そ非流線的な和装などというものが、いつまでも幅を利かしている訳には行くまい。イヤ、現在でさえ、和服について語るなどは、最早骨董趣味の範囲に属するのかも知れない。だが、そういう回顧的な意味を増せば増す程、純粋な和装美というものが懐しまれる。現代に和装を愛する程の好事家は、二重廻しやモジリ外套の不調和に、もう少し敏感であってもよいのではないかと思う。

モジリにしても、生地を思い切り薄くするか、毛織でなくて紬の類などを用いたならば、もう少し見直すのではないかしらん。（素足に爪紅の昔に遡らずとも、粋とは寒いものである）

露出した釦などは無論禁物である。このことは、婦人和装のコートを見ればよく分ると思う。和服に太い毛織物のコートが如何に不粋であるか。絹物のコートが如何に調和よく眺められるか。

二重廻しとモジリの外に釣鐘マントというものがある。私の少年時代、これが天下を風靡したことがあって、そのいやらしさを今でも忘れることが出来ないけれど、二重廻し全盛の現在、時に好みのよい釣鐘マントの紳士など見ると、却って粋に感じられるのは妙である。だが、これは人柄によること。着こなしによること。流行の逆を行ってキザに見えぬ工夫は、誰にもという訳には行かぬ。猫も杓子もの人真似になっては、粋も不粋と変るのである。

結局、現在の外套というものは、どの型も和服には調和しないということになる。そういう訳で、私は決して洗煉された服装家だとは思っていないが、和服の外套だけはどうも鼻持ちならない気がするので、自分にも他人にも寒々とした感じを与えない限度で、無外套主義を取っている。屋外の徒歩を予想しない場合、例えば自宅の玄関から自動車へ、自動車から先方の玄関へというような外出の際には、余程寒い時の外は、外套を羽織らない方針であるし、春秋の合外套は、散歩の時さえも、出来るだけ用いないことにしている。

それにしても、かくの如きは、ただ私一人の偏った物の見方なのであろうか。

映画のなかのシャツ

宇野亞喜良

映画『望郷』はアルジェリアの首都アルジェが舞台である。白壁の迷路の町カスバを見下ろしながらジャン・ギャバンが歌をうたう場面。まるでパリを絵に描いたような女を憶いながら、白いバルコンに腰掛けて歌うとき、白いシャツは、はためく旗のような情感がある。

この映画の有名なラストシーンでは、男の叫び声が汽笛でかき消されて船上の女には聞こえず、そして彼はナイフで自殺する。あの白いシャツは黒々と染まっていくのである。

暗黒映画には、また独特の感覚がある。例えばロベール・オッセンやフィリップ・クレー、リノ・ヴァンチュラやアラン・ドロンなどのネクタイ姿というものには、なにか、抑圧されたものの権威の復権のようなものがあって、それが逆にイキだったりするような。あるいは偽装のためのコスチュームからの、この変わりのような視覚効果もふくめて、そこには悪の美学というような感覚が匂いたっているのである。

海洋映画の、エロール・フリンやバート・ランカスター、ダグラス・フェアバンクス・Jrなどのドレープのゆったりした袖のシャツも映画らしく、フォトジェニーな代物で、長い綱一本につかまって海賊船から乗り移ってくるシーンや、決闘のシーンに、もしあのシャツじゃなかったらと考えると、イメージはプツンととぎれてしまう。

アントニオーニの映画「情事」で、男が、下着をつけない裸のままでワイシャツを着るところがあって、そのシーンに妙に感心した記憶がある。ジャージー系の下着でプロテクトしてその上にシャツを着る行為よりも、このやり方は感覚的であった。なにしろ木綿やシルクの質感を皮膚が直接感じるのだから、これにまさるオシャレはないと思ったのである。ついでに書くと、この映画の中で男が柳の下で泣くシーンも、なぜか忘れられない感覚があった。

女性のシャツというと、まっ先にキャサリン・ヘップバーンとローレン・バコールが思い浮かぶのだけれど、「ステージ・ドア」でオランダカイウを持って立つヘップバーンと、「キー・ラーゴ」「紳士は金髪がお好き」のローレン・バコールぐらいしか、考えつかないのはどういうことなのだろう。

「ローマの休日」で、オードリー・ヘップバーンが、グレゴリー・ペックの、つまり男物のパジャマを着せられるのは、彼女のボーイッシュなムードと少女のような肉体の比喩として新鮮なものだった。

「勝手にしやがれ」の中では、これとまったく逆なことが演じられた。ジーン・セバーグのストライプのガウンを、ジャン・ポール・ベルモンドが着るのである。肩パットが少し内側にずれたりして、ちょっとおかしい。それはある種のバーバリズムで荒々しい行為のはずだけれど、どこか道化の衣装のように悲しみが漂う。江戸時代の遊び人が遊女の着物をはおったような、いなせなものではなく、現代の狂気とパンクな心意気のようなものをまとっていたような気がするのである。

宇野亞喜良

自分の色

白洲正子

先日湯河原に、安井曾太郎画伯をおたずねした時、先生は、ふかねというかべんがらというか、はでで、しかも深い落ちつきのある、ざぐざぐした紬の羽織を着ていらっしゃった。色見本を開いてみると、光悦茶という洒落た名前がついているが、どこから出たものか、或いは単なる思いつきとも思われるが、いかにも光悦が好みそうな、暖い、豊かな色あいである。藍の、一見無地とも見える着物の上に、それを無雑作に羽織っていられたが、一杯に日を浴びた冬景色を背景に、ひとしおふさわしくみえて美しかった。外には、だいだいが、枝もたわわにみのっていた。

男の人が、こんなはでな物を身につけるのを、私は生れて初めて見た。常識的には、実にとんでもない色なのだ。しかし、それは決して見る人を、戸迷いもさせなければ、驚かせもしない。それ程、先生にはお似合いだった。その色の裏に、安井曾太郎という人間がべったりはりついた感じで、あきらかに創作の域に達している。そこには芸術家の自由な魂と、そして色彩に対する自信がうかがわれるのだった。

失礼でございますがそのお羽織、とてもよくお似合いで……と云うと、ああ、これですか、古径《こけい》さんにもほめられましてねえ、昔祖父のを貰って着ていたのですが、戦争で焼いてしまって、又ほしくなって同じ色に染めたのです、と少しはにかんでお答えになる。

そう云えば安井さんの絵の中に、私は何度かこの色を見た様におもう。たとえば、ラマ廟。たとえば連雲港の、あの和やかな光を吸った朱の色である。それがそのまま生活の中に渾然とけこんで、此処南国の風景に見事な調和をみせている。実際その日は、二月というのに、嘘の様に暖く、海はどんな青より青く澄んでいた。

自分の色をみつけるという事は、着物一枚にしろ、思ったほどやさしい事ではなさそうだ。世の中には、ただむしょうに着物の好きな人が、殊に女には多いが、それだけでは単なる浮気にすぎぬ。真に物を愛するということは、そんなにたやすい事ではない。自分の物を見出すこと、自分の物にするという事は、いくら相手が着物でも、そう簡単にはゆきかねる。一生に一つ、ほんとうに似合う物が見つかったら大出来だ、そう私は考えている。

今までに何度も言われたことだが、まったく日本人ほど生活の中に芸術をとり入れた人種は居ない。この柔軟性は、あるいは短所かも知れないと思う（というのは、長所でもあるという事だが)。だから日本古来の芸術には、工芸品との区別がさほど顕著に現れてはいない。光琳の描いた掛物と、光琳のつくった着物の間に、どれ程の差があることだろう。態度と云い価値と云い、殆ど同じものではないだろうか。一つは家を、一つは人間を、美しくよそおう、ただそれだけの謙譲なねがいしかなかった様に思われる。値段の違いがもしあるとすれば、それは買う人が、或いは売る人が、一方を芸術と見、他を生活資料と見るだけの事だ。慶長元禄頃の衣装にしても、あきらかに、後に残す事を意識してつくられている。その点同じ衣類でも、洋服とはぜんぜん目的を異にする。この伝統を失いたくはないものだ。

昔の人はその様に、美しく暮すすべを心得ていた。物を大切にする事を知っていた。そして自分の物を、自分だけの物として、大事にしまって中々人にも見せようとしない——これはそれ自身、封建的でもなければ、単なる貴族趣味として片付けてしまうわけにもゆかぬ。もっと、はらはらする気持である。現在では、その切ない情は忘れられて、その形骸ばかり、後世の人々によって濫用されたかたちである。中身はさておき、箱及び箱書が物を言う国なんて、世界中どこを探したってありはしない。

光琳には「美しいものをつくる」それだけが目的であった。展覧会がなかったのは仕合せである。見せる、のじゃなくて、創る、のだ。だから相手は、着物だろうが屛風だろうが、何でも構わない、ただ飢えた様に、ひたすら美を生む事だけを仕事とした。着物ばかりでなく、陶器漆器家具のたぐいに至るまで、およそ職人の仕事と名付けるものにとって、日本ほどの楽園はなかったに違いない。昔はえかきですら、画工とよばれた一介の画師にすぎなかった。現代日本画家のなやみもおそらくそんな所に原因があると思うが、芸術家があまりにも芸術家になった今日、今こそ工芸家が職人としての誇りをとり返すべきではないだろうか。その為には、染物ほど自由で、着物ほど一般的な、よい畠はない様に思われる。今、染色工芸の上に、私達がほしいものは、芸術家ではなく、職人だ。芸術品をこさえようとするから失敗する。いい物をつくれば、おのずからそこに芸術は在るだろう。

「人に異ならむと思ひ好める人は必ず見劣りし……云々」と、紫式部は言っている。人の真似をするばかりでは、むろん進歩は望めぬ。すべての物の上に、新しい、という事は、魅力でもあり、必要でもある。ただし、「人に異ならむ」とする為に、変った物を求めるのは間違いだ。安井さんの羽織はそんな物ではない。

近頃はやりの言葉の一つに、文化国家というものがある。これも変な言葉である。そんな、月の世界みたいないい所が、どこかにあらかじめ存在するわけではなく、又それは文化人専用の場所でもない。もしあるとすれば、ひどく手近な所——一人一人のその日その日の生活の中にあると私は信じて疑わない。自分に忠実である事、自分の仕事に打ちこむ事、それがすなわち文化というものだ。自分の色にしても、着物にしても、同じである。自然にそこに現れる。

むしろひと目で解る。一番手近な物だけに、構わぬ人は構わぬなりに、その人間が最もよく現れる「場所」と云えよう。

異色ある人物が、そう都合よくいつも変った格好をしていてくれるとは限らない。が、どことなく違うものである。たしかに違う、と見わける眼。名前や智識の先入観にまどわされぬ眼。私はそれを養いたい。と同時に、そういう眼で真正面から見られても、たじろがぬだけの自分の物を持ちたい。もともとこれは二つのものではない――それだけが私の念願である。

Ⅴ 夢に見たあのスタイル

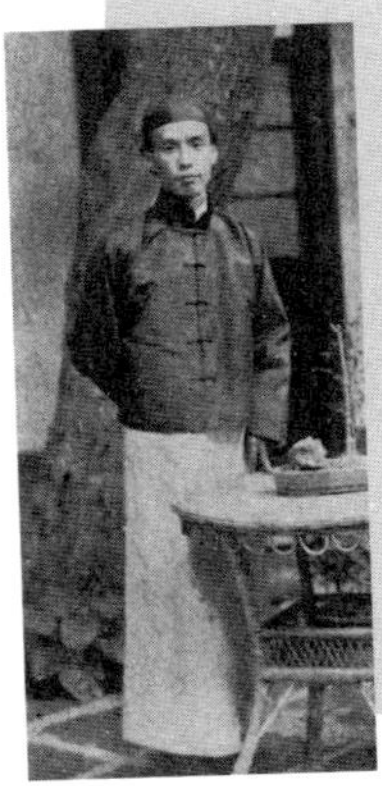

中国の服に身を包んだ芥川龍之介

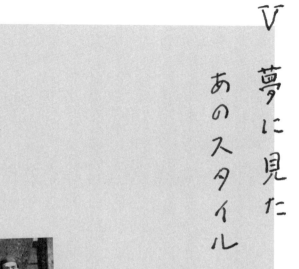

GOTHIC & LOLITA GO WORLD

嶽本野ばら

ママはいいます。そんな可笑《おか》しな格好《かっこう》をして外に出ないでと。
級友は嗤《わら》います。もっとナチュラルになりなよと。
恋人は嘆《なげ》きます。一緒に街を歩くのが恥《は》ずかしいと。
でも出逢《であ》ってしまったのです。自分が延々《えんえん》と求めていたものに。
知ってしまったのです。何処《どこ》にもないと諦《あきら》めていた自分の居場所《いばしょ》があったことを。

ゴシック&ロリータ——それはスタイルではなく宿命《しゅくめい》。
ゴシック&ロリータ——それは流行《りゅうこう》ではなく存在理由。

敬虔《けいけん》な超正統派のユダヤ教徒達が黒い帽子と外套《がいとう》を着用し、頬《ほお》の揉《も》み上げを長く伸ばして日々の生活を祈りの中に置くように、そのお洋服を身に纏《まと》うことは誰にも譲《ゆず》れない君の信仰の証《あかし》なのです。


異端《いたん》の信仰に身を委《ゆだ》ねることに、君は暫《しばら》く躊躇《ためら》いを憶《おぼ》えていましたね。

けれども君は少しばかりの勇気《ゆうき》を振《ふ》り絞《しぼ》りました。

自分にとって何が一番大切《たいせつ》なのかを知っていたからです。

ヘッドドレスを頭に付け、コルセットでボディを締《し》め付け、スカートの中にパニエを仕込んで、鏡の前に立てば一角獣《いっかくじゅう》が現れ、君の頰に祝福の接吻《くちづけ》を授《さず》けます。

一角獣はいいます。

これは貴方《あなた》の戦闘服《せんとうふく》、夢見る力のない多くの人々と闘《たたか》う為《ため》の。

皆《みな》、貴方《あなた》に大人になることを拒否した現実逃避者の烙印《らくいん》を押す。

でも現実を超《こ》えた場所にしか貴方の求める世界はない。


君はこっくりと頷《うなず》きます。

もう、現実に生きるのはうんざりなのです。

君は永遠の命を持ち幻想《げんそう》の国の住人《じゅうにん》として生きるのです
ゴシック&ロリータ——それは美に殉《じゅん》じる覚悟《かくご》を持った選ばれし者達。
ゴシック&ロリータ——それは羽《はね》を隠し持つ悪魔と天使の末裔《まつえい》。

嶽本野ばら

夏帽子

萩原朔太郎

青年の時は、だれでもつまらないことに熱情をもつものだ。その頃、地方の或る高等学校に居た私は、毎年初夏の季節になると、きまって一つの熱情にとりつかれた。それは何でもないつまらぬことで、或る私の好きな夏帽子を、被ってみたいという願いである。その好きな帽子というのはパナマ帽でもなくタスカンでもなく、あの海老茶色のリボンを巻いた、一高の夏帽子だったのだ。

どうしてそんなにまで、あの学生帽子が好きだったのか、自分ながらよく解らない。多分私は、その頃愛読した森鷗外氏の『青年』や、夏目漱石氏の学生小説などから一高の学生たちを聯想し、それが初夏の青葉の中で、上野の森などを散歩している、彼等の夏帽子を表象させ、聯想心理に結合した為であろう。

とにかく私は、あの海老茶色のリボンを考え、その書生帽子を思うだけでも、ふしぎになつかしい独逸の戯曲、アルト・ハイデルベルヒを聯想して、夏の青葉にそよいでくる海の郷愁を感じたりした。

その頃私の居た地方の高等学校では、真紅色のリボンに二本の白線を入れた帽子を、一高に準じて制定して居た。私はそれが厭だったので、白線の上に赤インキを塗りつけたり、真紅色の上に紫絵具をこすったりして、無理に一高の帽子に紛らして居た。だがとうとう、熱情が押えがたくなって来たので、或夏の休暇に上京して、本郷の帽子屋から、一高の制定帽子を買ってしまった。

しかしそれを買った後では、つまらない悔恨にくやまされた。そんなものを買ったところで、実際の一高生徒でもない自分が、まさかに気恥しく、被って歩くわけにも行かなかったから。

私は人の居ないところで、どこか内証に帽子を被り、鷗外博士の『青年』やハイデルベルヒを聯想しつつ、自分がその主人公である如く、空想裡の悦楽に耽りたいと考えた。その強い欲情は、どうしても押えることができなかった。そこで、或夏、七月の休暇になると同時に、ひそかに帽子を行李に入れて、日光の山奥にある中禅寺の避暑地へ行った。もちろん宿屋は、湖畔のレーキホテルを選定した。それは私の空想裡に住む人物としても、当然選定さるべきの旅館であった。

或日私は、附近の小さな滝を見ようとして、一人で夏の山道を登って行った。七月初旬の日光は、青葉の葉影で明るくきらきらと輝やいて居た。

私は宿を出る時から、思い切って行李の中の帽子を被って居た。こんな寂しい山道では、もちろんだれも見る人がなく、気恥しい思いなしに、勝手な空想に耽れると思ったからだ。夏の山道には、いろいろな白い花が咲いて居た。私は書生袴に帽子を被り、汗ばんだ皮膚を感じながら、それでも右の肩を高く怒らし、独逸学生の青春気質を表象する、あの浪漫的の豪壮を感じつつ歩いて居た。懐中には丸善で買ったばかりの、なつかしいハイネの詩集が這入って居た。その詩集は索引の鉛筆で汚されて居り、所々に凋れた草花などが押されて居た。

山道の行きつめた崖を曲った時に、ふと私の前に歩いて行く、二個の明るいパラソルを見た。たしかに姉妹であるところの、美しく若い娘であった。私は何の理由もなく、急に足がすくむような羞《はずか》しさと、一人で居るきまりの悪さを感じたので、歩調を早めながら、わざと彼等の方を見ないようにし、特別にまた肩を怒らして追いぬけた。どんな私の様子からも、彼等に対して無関心で居ることを装おうとして、無理な努力から固くなって居た。そのくせ内心では、こうした人気のない山道で、美しい娘等と道づれになり、一口でも言葉を交せられることの悦びを心に感じ、空想の有り得べき幸福の中でもじもじしながら。

私は女等を追い越しながら、こんな絶好の場合に際して機会《チャンス》を捕えなかったことの愚を心に悔いた。

だが丁度その時、偶然のうまい機会が来た。私が汗をぬぐおうとして、ハンケチで額の上をふいた時に、帽子が頭からすべり落ちた。それは輪のように転がって行って、すぐ五六歩後から歩いて来る、女たちの足許に止まった。若い方の娘が、すぐそれを拾ってくれた。彼女は羞じる様子もなく、快活に私の方へ走って来た。

『どうも……どうも、ありがとう。』

私はどぎまぎしながら、やっと口の中で礼を言った。そして急いで帽子を被り、逃げ出すようにすたすたと歩き出した。宇宙が真赤に廻転して、どうすれば好いか解らなかった。ただ足だけが機械的に運動して、むやみに速足で前へ進んだ。

だがすぐ後の方から、女の呼びかけてくる声を聞いた。

『あの、おたずね致しますが……』

それは姉の方の娘であった。彼女はたしかに、私よりも一つ二つ年上に見え、怜悧な美しい瞳《め》をした女であった。

『滝の方へ行くのは、この道で好《よ》いのでしょうか？』

そう言って慣れ慣れしく微笑した。

『はあ！』

私は窮屈に四角ばって、兵隊のような返事をした。女は暫らく、じっと私の顔を眺めていたが、やがて世慣れた調子で話しかけた。

『失礼ですが、あなた一高のお方ですね?』

私は一寸返事に困った。

『いいえ』という否定の言葉が、直ちに瞬間に口に浮んだ。けれども次の瞬間には、帽子のことが頭に浮んで、どきりと冷汗を流してしまった。私は考える余裕もなく、混乱して曖昧の返事をした。

『はあ!』

『すると貴方は……』

女は浴せかけるように質問した。

『秋元子爵の御子息ですね。私よく知って居ますわ。』

私は今度こそ大きな声で、はっきりと返事をした。

『いいえ。ちがいます。』

けれども女は、尚疑い深そうに私を見つめた。或る理由の知れないはにかみと、不安な懸念とにせき立てられて、私は女づれを後に残し、速足でずんずんと先に行ってしまった。

私がホテルに帰った時、偶然にもその娘等が、隣室の客であることを発見した。彼等はその年老いた母と一緒に、三人で此所に来て居た。いろいろな反覆する機会からして、避けがたく私はその女づれと懇意になった。遂には姉娘と私だけで、森の中を散歩するような仲にもなった。その年上の女は、明らかに私に恋をして居た。彼女はいつも、私のことを『若様』と呼んだ。

私は最初、女の無邪気な意地悪から、悪戯に言うのだと思ったので、故意《わざ》と勿体ぶった様子などして、さも貴族らしく返事をした。だが或る時、彼女は真面目になって話をした。ずっと前から、自分は一高の運動会やその他の機会で、秋元子爵の令息をよく知ってること。そして私こそ、たしかにその当人にちがいなく、どんなにしらばくれて隠していても、自分には解ってるということを、女の強い確信で主張した。

その強い確信は、私のどんな弁駁でも、撤回させることができなかった。しまいには仕方がなく、私の方でも好加減に、華族の息子としてふるまって居た。

最後の日が迫って来た。

かなかなかなの蟬の鳴いてる森の小路で、夏の夕景を背に浴びながら、女はそっと私に近づき、胸の秘密を打ち明けようとする様子が見えた。私はその長い前から、自分を偽っている苦悩に耐えなくなっていた。自分は一高の生徒でもなく、況んや貴族の息子でもない。それに図々しく制帽を被り、好い気になって『若様』と呼ばれて居る。どんなに弁護して考えても、私は不良少年の典型であり、彼等と同じ行為をしているのである。

私は悔恨に耐えなくなった。そして一夜の中に行李を調え、出発しようと考えた。翌朝早く、私は裏山へ一人で登った。そこには夏草が繁って居り、油蟬が木立に鳴いて居た。私は包から帽子を出し、双手に握ってむしり切った。

　麦藁のべりべりと裂ける音が、不思議に悲しく胸に迫った。その海老茶色のリボンでさえも、地面の泥にまみれ、私の下駄に踏みつけられていた。

萩原朔太郎

夢の女の夏衣

厨川蝶子

湯上りの匂やかな素肌に、江戸趣味のすっきりした中形を着て、幅狭の博多を恰好よく藤間結びにした美しい人を見る事は夏の夕べの楽しみの一つです。然しそれも埃臭い七三のハイカラ髪とあっては打壊しでしょう。私の好きなのは、洗髪の銀杏返しに、白のやっこ元結、簪は青色の滴るような翡翠の大粒のに、華奢な金足を打込んだと云った、「鏡花式」の装いなのです。だぶだぶの鼠色の足袋に、レースの袖口と取合わされた日には、中形の生命である涼味はなくなります。

菊池寛氏の「真珠夫人」と云ったような型の美人なら、黒耀石のような黒の絹レースを、イヴニング、ドレス仕立にして、黒の長い絹手袋、靴下も黒絹の透し入りのにして、黒繻子に青銀色の飾りを附けた夜会靴と云う、凡《すべ》て黒ずくめの装いに、首飾りには美事な大粒のダイヤを唯一つ、白金の鎖で下げたのが、身動きする毎に、彗星のような光りを放つでしょう。

此頃の蚊取線香の広告のように、だらしのう寝そべった人の大柄の浴衣着たのも、明石上布に紗の丸帯、絹縮緬《ちりめん》の長襦袢、手にも、髪にも、帯上げにも、光るものを数多く附けた貴婦人の盛装とやらも、見るからに暑苦しくて、いやです。

やさしく、美しいひとには、あの「牡丹灯籠」の「お露」の衣裳をこそお勧めしましょう。然し幽霊になってもらっては困ります。

町家の女房なら「夏祭浪華かがみ」の「お梶」のような衣裳もいいと思います。

オリンピックにも出ようと云う、女学生方なら、純白の洋装に、白パナマの帽子、そして帯も帽子の飾りも、黒リボンにした爽やかな装いこそ好ましいと思います。

斯様色々と呉服店の陳列窓のように、並べ立てて見ましたが、さて実を云えば、どれも、これも、ほんとうに私の理想に叶った夏衣裳と云うものはないのです。謂わばある物での間に合せに過ぎません。では、ほんとうの私の好きな夏衣裳は？

それは夢の世界で見た美しい女性達の纏っていた世にも珍らしい着物なのです。夢の国ですから何所だか名はわかりません。見渡す限りの荒磯、鞺鞳《とうとう》と打寄する浪の飛沫をあびた巨大な岩石の上から、黎明の海を目がけて、先を争って飛び込む若い彼女たちの、豊麗な肌につけた衣、それは水にぬれて青々とエメラルドのように光る、房々《ふさふさ》とした天然の海草であったのです。何と云う奇麗な衣裳でしょう。かの「イエーツ」が「光明の、こがね白がね織なせる、あまつみそらの繍衣《しゅうい》、真昼と夜とたそがれの碧や、うすずみ、ぬばたまの、そめわけ衣、われ待たば」と云った其光明の空の織物を秋の衣裳に欲しいと思う秋は、あの美しい海草をこそ「私の好きな夏衣裳」と申ましょう。然しあれもこれも私の願いは夢の国でこそ。現実の世界でこうした自由奔放な装いは思いも寄りません。それこそは、彼の小賢しい人達にやれ虚栄の、節約のと噂の種になるでしょう。

厨川蝶子

リボン

竹久夢二

あなたが結んで下すつたリボンです
今夜は解かずに休みませう。
だが別れ際《しな》にあなたが仰言つた言葉が
どうもあたし気になるのよ。
でも好いわ。此度逢つた時
解いて下さるわね。

竹久夢二

着物

芥川龍之介

こんな夢を見た。

何でも料理屋か何からしい。広い座敷に一ぱいに大ぜい人が坐っている。それが皆思い思いに洋服や和服を着用している。

着用しているばかりじゃない。互《たがい》に他人の着物を眺めては、勝手な品評を試みている。

「君のフロックは旧式だね。自然主義時代の遺物じゃないか。」

「その結城《ゆうき》は傑作だよ。何とも云えない人間味がある。」

「何だい。君の御召しの羽織は、全然心の動きが見えないじゃないか。」

「あの紺サアジの背広を見給え。宛然たるペッティイ・ブルジョアだから。」

「おや、君が落語家のような帯をしめるのには驚いた。」

「やっぱり君が大島を着ていると、山の手の坊ちゃんと云う格だね。」

こんな事を盛《さかん》に云い合っている。

すると一番末席に、妙な瘦せ男のいるのが見えた。その男は古風な漆紋《うるしもん》のついた、如何《いかが》わしい黄びらを着用している。この着物がどうもさっきから、散々槍玉に挙げられているらしい。現に今も年の若い、髪を長くした先生が、

「君の着物は相不変遊んでいるじゃないか」と喝破《かっぱ》した。

その先生はどう云う気か、ドミニク派の僧侶じみた白い法服を着用している。何でもこんな着物はバルザックが、仕事をする時に着ていたようだ。尤《もっと》も着手はバルザック程、背も幅もないものだから、裾が大分余っている。

が、瘦せ男は苦笑したぎり、やはり黙然と坐っている。

「君は始終同じ着物を着ているから話せないよ。」

これは銘仙だか大島だか判然しない着物を着た、やはり年少の豪傑が抛《ほう》りつけた評語である。が、豪傑自身の着物も、余程長い間着ていると見えて、襟垢《えりあか》がべっとり食附《くいつ》いている。

それでも黄びらを着た男は、何とも言葉を返さずにいる。どうもその容子《ようす》を見ると、よくよく意久地のない代物らしい。

所が三度目には肩幅の広い、縞《しま》の粗い背広を着た男が、にやりにやり笑いながら、半ば同情のある評語を下した。

「君は何故この前の着物を着ないのだい。それじゃ又逆戻りをした訳じゃないか。しかし黄びらも似合わなくはないよ。——諸君この男も一度は着換えをして出て来た事を思い出してやり給え。そうして今後も着換えをするように、鞭撻《べんたつ》の労を執ってくれ給え。」

大ぜいの中には「ヒイア、ヒイア」と声援を与えた向きもある、「もっと手厳しくやれ、仲間褒めをしてはいかん」と怒号する向きもある。

瘦せ男は頭を搔きながら、匆々《そうそう》この座敷を退却した。そうして風通しの悪るそうな、場末の二階家へ帰って来た。

家の中は虫干のように階上にも階下にも、いろいろな着物が吊り下げてある。何か蛇の鱗《うろこ》のように光る物があると思ったら、それは戦争の時に使う鎖帷子《くさりかたびら》や鎧だった。

瘦せ男はこの着物の中に、傲慢不遜《ごうまんふそん》なあぐらを搔くと、恬然《てんぜん》と煙草をふかし始めた。

その時何か云ったように思うが、生憎《あいにく》眼のさめた今は覚えていない。折角夢の話を書きながら、その一句を忘れてしまった事は、返す返すも遺憾である。

芥川龍之介

るきさん

高野文子

おしゃれなのを
ひとつ
えっちゃんよくあたしに
おしゃれしなさいって
言ってたでしょ
前から
思ってた
ウソだね
今思いついた
だけだね
サングラスが
ほしいわ
白いぼうし
も
ほしいわ
レースの
だって
初夏だもの
また
カゲキな
ことを
もお
実用性の
うすい
シュミだねえ
残念ですが
るきちゃん
には似合い
ませんね
サングラス
なんて
そかな
るきちゃん
おしゃれに気づかうって
もっとふつうのことで
いいのよ
あら
ブラウスのエリ
折れちゃってた
わー
とか

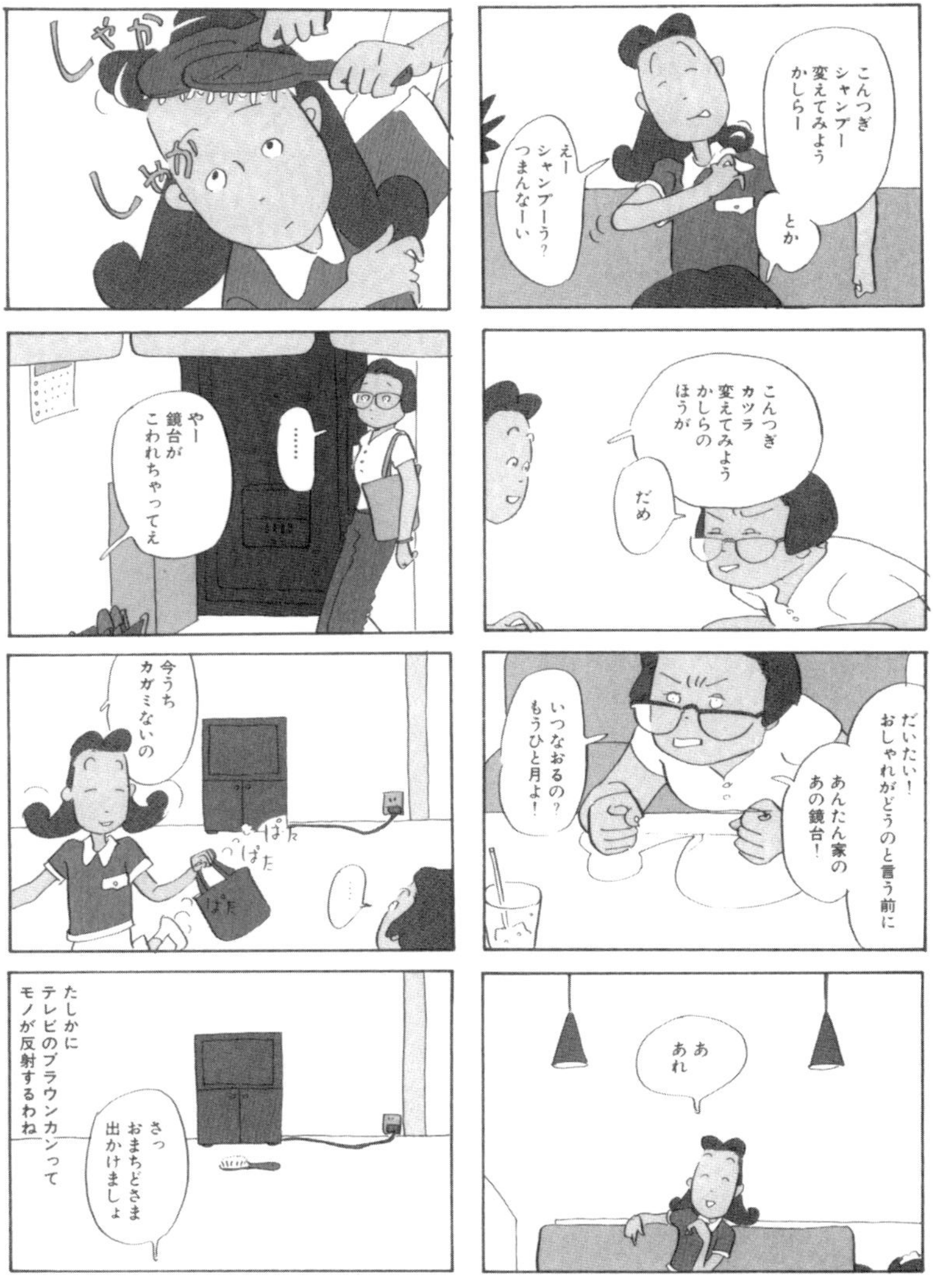
こんつぎシャンプー変えてみようかしらー
とか
えーシャンプーぅ?つまんなーい
こんつぎカツラ変えてみようかしらのほうが
だめ
だいたい！おしゃれがどうのと言う前に
あんたん家のあの鏡台！
いつなおるの?もうひと月よ！
あ あれ
しゃか
しゃか
やー鏡台がこわれちゃってぇ
……
今うちカガミないの
ぱた
ぱた
ぱた
…
たしかにテレビのブラウンカンってモノが反射するわね
さっおまちどさま出かけましょ

高野文子

羽織・袴

久保田万太郎

羽織のはなし

浅草の、さして大きくもなければ、さればといって小さくもないあきんどのうちにわたくしは生れた。兄があったが、早く死んでしまったお蔭に、わたくしがその代りを務めなければならなかった。……ということはあととりとしてわたくしを存在させる必要上、父及び父の身近の親類どもは、わたくしの文学への思慕を極力阻止したものである。

が、わたくしは、その間、慶應義塾の普通部を卒業したあと、その人々の目を掠めて大学の予科にすすみ、大学の予科を終るとともに、文科の本科一年に籍を置いた。同時に、わたくしは、みよう見真似の小説だの戯曲だのを一生けんめいに書きはじめた。

たまたま、そのとき、『太陽』に、その当時にあっての大がかりな、小説と戯曲との懸賞募集があった。それにわたくしは応募した。……忘れもしない、ぎりぎりの締切の晩、わたくしは、店の大戸のすでに下りたあと、くぐりをあけてひそかに外へ出、雷門の郵便局まで書きあげたその原稿を投函しに行ったのである。……

幸か、不幸か、その戯曲、その一ト月あとに於て当選したのである。……生れてはじめて、五十円という金を、わたくしはわたくしの手で稼いだのである。

親がかりの、不心得な、何の能もない野良むすこにとって、大ぜいの奉公人の手まえ、どんなにそれが輝かしい出来事だったろう！……すなわち、それを記念すべく、わたくしは、夏羽織を新調した。……生れてはじめて、わたくしの、自分の手でこしらえた被服である。

秋風のふくなく〳〵や絽の羽織

わたくしのその当時の俳句の師匠東洋城は、わたくしに、こうした句を短冊に書いてくれた。……わたくしの二十三のときである。……

袴のはなし

震災直後、牛込の牛込会館という貸席で、焼出されの花柳章太郎だの、藤村秀夫だの、松本要次郎だの、そのころの新劇座の同人たちがあつまって、東京の復興にさきがける目的でのしばいをやったことがある。……巻ゲートルだの、足袋はだしだのの人たちの、まだ、さかんに行交っている神楽坂の往来に、そのしばいをみる人たちが、開場時間もまだ来ないうちから、一町あまりの列をつくってつづいていたことを覚えている。……

おなじく焼出され組のわたくしは、そのとき、南榎町に、親たちの家族大ぜいの中にまじって仮住居をしていた。神楽坂は、だから、朝夕の、しようことなしの散歩区域だった。……ということは、そのしばいのあった間、わたくしは、欠《かか》さず毎日、わたりに船に、その楽屋を訪問した。

勿論、その楽屋には、毎日、いろんな人があつまって来た。わたくしたちは倶楽部にでもいるように心置きなく談笑した。……わたくしのいまここに話そうとすることも、その談笑のあいだから生れたものである。……

たまたま、ある日、そこでわたくしは先代の村田正雄氏に逢った。……いまの村田正雄君の叔父さんにあたる名人のあの人である。……話好きの、如才のない人ではあり、さそわれて、わたくしも、東京もこう焼野原になってしまっては、いままでのようにべらべら日本の着物なんぞ着てはいられない。……着物をみんな焼いてしまったのを機会に、今後はわたくしももう洋服を着ることにきめた。……そうでもしない分にはとても恰好がつかない。……そうした意味のことをしみじみとそこに饒舌り立てたのである。

と

「それはいけません。……そんなってことはありません」

急にその人はいった。「あなたがそんなことをいう法はありません」

「どうしてです？」

わたくしは反問した。

「どうしてもこうしてもありません。……あなたが洋服を着ることはありません。……どこまでも、あなたは、和服をお着にならなくっちゃア……」

「しかし、おんなし拵えるなら。……いまさらもう日本の着物なんぞこしらえる気はしませんね」

「それは、あなた、いいものはもう出来まいとお考えになるから。……出来ます。……すぐに出来て来ます」

「出来て来たって、そんなもの、着るものはありません。……すくなくも、二年や三年、そんな暢気なことのいっていられる世の中の来っこありません」

「いいえ、それは、……そんなことはありません。……そんなことは決してありません。……そんな悲観するこたア、ちッともありません」

飽くまでそうわたくしに反対したあと、その人は、わたくしに、失礼だが袴を一つさし上げたいといい出した。……その袴、必ずあなたに似合うに違いない。……是非穿いてもらいたい。……その袴を穿くことによって、洋服を着るとなんぞいわず、もう一度、おもい直して、和服を着てもらいたい。……そうした意味のことを熱心に主張した。……わらって、わたくしは、その主張にこたえてわかれた。

そのあくる日、花柳のところの番頭が村田先生からといってわたくしのところへ届けものをして来た。あけてみると袴だった。……失敗った、わたくしはそう思ってすぐ牛込会館の楽屋に馳けつけた。そして花柳に逢っていかに処置すべきか相談したのである。

そのとき、

「え、袴?……」

花柳はわたくしの顔をみたのである。

「袴。……結城紬の、黒ッぽい……」

「それア大へんだ」

花柳はかぶせていった。「それアとんだことをした」

「どうして?」

「いいえ、あたしア、袴とは思わなかつた。……ネクタイだと思ったんです」

「ネクタイ?」

「だってしきりに洋服の話をしていたでしょう、あなた。……だから、テッきり、ネクタイだと……」

「いいえ、袴だ」

「それアわるいことをしちゃった。……いいえ、こうなんです……」

といって、花柳の話したところによると、わたくしと村田正雄氏とその話を『大尉の娘』の露子の拵えをしながら聞いたかれは、是非上げたい、すぐお届けする。……そうしたことをしきりにいうその人について、また小父さん、お株をいっている。……にがにがしくそう思ったのである。……というのは、その人、わるぎでなく、つねに、だれとでも簡単にそうした空約《から》束をする悪いくせをもっていたからである。……

すなわち、花柳、わたくしの帰ったあと、その人にはッきりこういって釘をさした。

「小父さん、ほんとにそれを久保田さんに上げるんですか？」

「上げるとも」

「ほんとですか？」

「ほんととも」

「じゃア、明日にでも、うちのものをとりにやりますから。……小父さんは、いつもそれで評判をわるくしているんだから……」

そういって置いて、あくる日、番頭をかれは使いに出したのである。

「いいえね、ネクタイ位だと思ったから。……まさか袴とは思わなかったから……」

鼻白んだ感じにかれはいった。

その後、間もなく、その人は死んだ。そして、その、戯談から出た駒のその袴は、その人の形見として、いまなおわたくしのうちの箪笥の中に入っている。……その人のまえで、そのとき、はッきりそういったほどのことはなくっても、わたくし、洋服をばかり着るようになって、その袴を穿く機会をきわめてまれにしかもたない。……何かのキッカケをえて、わたくしは、その人の、決して空約束ばかりにしたと限らない証拠をみせるためにも、それを、いまの村田正雄君に贈りたいと思っている。

久保田万太郎

衣裳と悦楽

花柳章太郎

永年の流行だった薄色も一段落らしいですネ。あかりや建築、又は洋装との調和から来ていると思うのですが、可成《かな》り永い間薄色が、全盛でした。上品で明朗さを持つための故もありましょうが、今までの流行のなかで、十年近くもあの傾向が続くとは思いませんでした。

今年の秋からどういうものが出て来るか楽しみですが、いろいろの意味で、着物の色や柄も行きづまっているんじゃないでしょうか。

流行だからと云って、無消化にそれを買ったり着たりするのは愚なことで、色のなかでも、自分の個性との調和を考えないといけないと思います。

私共は、先ず役の性格から入って行って色の調子や柄を見た上、舞台のバックの色との配合を定めます。ですから、舞台でいいものが必ず皆様にいいということは云えません。舞台でいいものは、可成り極端な見立てがある訳なのですから——。そして相手役との調和ということも考えて作ってありますのですから、その衣裳がお気に入ったからと云って、そのままそれが似合うというようなこともありません。

着物の好みの要点は、申すまでもなく自分の長所を発揮して、短所を補うことにあるのですから、人のいいもの必らずしも自分に佳いとは限らない訳であります。

一つの例をお話し致します。

『生さぬ仲』という芝居があります。その芝居で、洋行帰りの物持の婦人清岡珠江という役をやったことがあります。私は、一日中の役のうちで、三役やれば三つ、四役やれば四つ共に、色の調子をかえることは申すまでもありませんが、その有閑婦人の役をやりました時は、黒と白のセットで全部をやって見ました。洋装の場合もそれ、和服の場合もそうした色の取合せでやりました。

和服の場合は裾をスカートのように一寸長めにして、褄先に丸みをつけてウンとあげて着て、下着に青磁色の無地をつけて、襟にダイヤの大きいのを留めに一つつけ、帯はつづれの更紗、着物は考えあぐねて、片身替りに黒と銀鼠の洋花を散らした紋錦紗《もんきんしゃ》という好みでした。

それは、前後の着物と変えるための一手段だったのでしたが、その着物を着たがる御婦人が多く、或るデパートで、それをわざわざお誂えになった方が可成りあったという話で、私は苦笑しました。私は思いあまって、やや考えおちな好みをしましたので、全く舞台的なものでしたのを、そのままお召しになってもあまり効果がないと思います。

では、自分の好みでいくらか自負出来るものを話せと仰有れば、『不如帰』の浪子の結婚着、山川秀峰氏案のもの、『初すがた』小しゅんの役のすべて、『七色さんご』暁美の衣裳、『女の友情』の綾乃の黒地にもみじの紅に金糸縫いの羽織、『愛憎峠』の歌吉の小紋、『愛情の価値』の田鶴子夫人のもの、『自活する女』のお仙の縞小紋、今月の『己が罪』の環の衣裳なぞ、まアまア私自身でも気持のいいものでありましょうか。

以上申しのべましたようなことは、ほんの私の衣裳に対する考察の一端にしかすぎません。私は全くの衣裳狂人で、東京中、いや京都、大阪、どこでもこれはと思う柄はかならず平常買っておいて、何かの場合の役に立てます。そうして自分の役とピッタリと来た着物は、どうしても手ばなすことが出来ませんで蔵い貯えておきますので、何時か三行李にも四行李にもなってしまいます。

そうして毎年の夏の土用干の時、その衣裳を全部小袖幕のようにして、その中で役とその芝居の思い出にふけって居ります。

これは又人さまにわからない自分だけでの悦楽とでも云いましょうか、そんなところに女形だけの世界があるのでしょう——。

花柳章太郎

VI

流行りをたのしむ

昭和9年（1934）岡本かの子

『青豆とうふ』より

安西水丸

高校生の頃、日本（東京）に、にわかにＩＶＹファッションなるものが登場した。銀座のみゆき通りに、マドラスチェックのシャツ（ボタンダウン）にバミューダーショーツなる半ズボンの若者が群がり、彼等は「みゆき族」と呼ばれた。高校生だったぼくも、このＩＶＹファッションの直撃を受けたのだが、さすがにみゆき通りにまでは出かけなかった。

ぼくは意外と流行にはすぐとびつくのではなく、どちらかというとじっくりと取り入れていく方だった。流行が去る頃にようやく少しずつ身につけるといった具合で、ＩＶＹファッションには目を見張ったが、頭の天辺《てっぺん》から足の爪先《つまさき》までそれでキメるということはしなかった。

ＩＶＹファッションがいいとなると、まずそれを一番恰好よく着こなしている人は誰かと、そんなことからはじめた。当時このファッションのお手本は圧倒的にアンソニー・パーキンスだったが、ぼくは違っていた。何とジェームズ・スチュワートだったのだ。

ジェームズ・スチュワートの映画はあれこれと見ていたが、ＩＶＹファッションと結びついたきっかけはマービン・ルロイ監督の「連邦警察」だった。

恰好いいなあとおもったのはズボンのはきこなしで、特に注目したのは股《もも》のあたりのだぶっとした感じだった。

当時ＩＶＹといったら「ＶＡＮ」というメーカーが有名で、いつもそこの洋服を愛用していた。スーツで95というサイズを買うと、上衣《うわぎ》はぴったりなのだがウェストが七十三センチと太かった。上背はある程度あったものの、瘦《や》せっぽちのぼくのウェストは、その頃七十センチしかなかった。仕方がないのでウェストだけ三センチ詰めてもらうと、股のあたりが少しだぶだぶっとして、そこがジェームズ・スチュワートのはくズボンの感じと似ているとおもっていたのだ。つまらないことだが、そんなところに他のＩＶＹファンの気づかない点を見つけたと得意になっていたのだろう。いずれにせよジェームズ・スチュワートは、ぼくの洋服の着こなしのお手本だったわけです（ケーリー・グラントにいかないところが憎くありませんか）。これは自慢です。

ＩＶＹが植物のツタであることは誰でも知っているとおもう。アメリカ東部の有名な私立大学八校をＩＶＹ大学と呼ぶのは、各年度の卒業生が、記念にＩＶＹを植えることからだという。この八校はハーヴァード（マサチューセッツのケンブリッジにある全米最古の大学、創立一六三六年)、イエール(J・プレスのパトロン校で、創立一七〇一年)、プリンストン(オレンジと黒のスクールカラーが知られている。創立一七四六年)、ペンシルバニア(創立者はフランクリンで、創立一七四〇年)、コロンビア(ニューヨークのマンハッタンにある。創立一七五四年)、ダートマス(グリーンとインディアンのマスコットで知られている。創立一七六九年)、ブラウン(スクールカラーは校名と同じブラウン。創立一七六四年)、コーネル(IVY大学では一番新しい。創立一八六五年)ということになっている。

この八校で競うアメリカン・フットボールの対校試合はよく知られている。八校はまとめてIVYリーグと呼ばれている。フットボールの試合は今、八校の他に陸海両軍の士官学校が加えられ、十校で優勝を競っている。

それにしてもアメリカの大学は、マーク(エンブレム)にしろペナントにしろさり気なくいいものを創っている。また学生もそれを楽しんでいる。ぼくも校章とかは結構気にする方で、学校を選ぶ時はいつもそれを重要視していた。今は違うが、高校生の頃、神田神保町にある「三省堂書店」の包装紙に東京の高校の校章がちりばめてあり、それをよく見ていたので校章でたいていの学校がわかった。こういうことって大切なのかどうかわからないけれど、とにかくそんなことが好きだった。

ぼくは大学四年の初夏に広告代理店の電通を受験したのだが、面接の出立《いでた》ちは「VAN」製のチャコールグレーのサマー・スーツにシャツは白のオックスフォードのボタンダウン、ネクタイはレジメンタル、アーガイルのソックスに茶色のウィング・チップの靴といった、気恥しいほどのＩＶＹでキメていた。面接に立ち会った重役たちが、それぞれ気のきいたというか、内容のある質問を受験者に発していくのだが、ぼくの受けた質問は次のような一言だけだった。

「君、その靴はどこで購入したのかね？」

一瞬はっとなって答えた。

「はい、銀座のワシントン靴店です」

これでは合格するはずがない。落胆して帰宅したのだが、数日して届いたのは何と合格通知だった。前述したように当日はいていたのは茶色というか、チョコレート色をしたウィング・チップの靴。この時ばかりは、さすが電通の重役、憎いところを見ているなとおもった次第である。ちなみにウィング・チップとは、先端にボツボツと小さな穴飾りのある靴のこと。

入社して配属されたのが、国際広告制作室という、日本の企業や製品を海外の雑誌に宣伝するといったところで、コピーライターはすべてアメリカ人だった。デザインは当然横文字を使っていた。

この部署のいいところは、毎週世界中から雑誌が届くことで、ぼくはここで各国のイラストレーターたちを知ることができた。一九六〇年代はアメリカの広告の黄金時代でもあり、「ライフ」や「マッコールズ」といった雑誌広告には大いに影響を受けた。反面この部署は服装にうるさく、ボスはよくこんなことを言った。

「お昼を食べた後、国連に飛べと言われても恥かしくない恰好をしてこいよ」

つまり、ランチを食べて部屋にもどったら、突然ニューヨークの国際連合本部まで行って来いと言われても、そのまま出かけられる服装をして来なさいということなのだ。まったく、よく言うよとおもったが、確かにアメリカ人のコピーライターたちの服の着こなしはいろいろと勉強になった。

電通には四年半ほどいて退社、ニューヨークへ渡った。二十代のうちにどこか外国で暮そうと考えていたので、二十七歳になったところであせって実行したのだ。

小さなデザインスタジオに職を見つけ、はじめに借りたウェストサイドのアップタウンにあるアパートからバスで通った。アパートの地名はリバーサイド・ドライブといい、目の前をハドソン川が流れていた。ハドソン川とアパートの間にリバーサイド・パークという細長い公園があって、よくそこでハドソン川の対岸に沈む夕日を眺めた。

職場は42ストリートの、五番街と六番街（アベニュー・オブ・ザ・アメリカスともいう）の間にあって、ここも目の前はブライアント・パークという公園だった。どうせまともな会社などには入れないんだから、せめてニューヨークらしい場所にある職場とおもい選んだのだ。

半年後、アパートに泥棒に入られ、嫌な気分になったので、イーストサイドの83ストリートのヨークアベニューのアパートに引っ越した。ここはすぐ近くがイーストリバーだった。職場へは、86ストリートのレキシントンアベニューまで歩き地下鉄で42ストリートまで下った。

夏、マジソンアベニューの46ストリートの洋服店に入ると好きなIVY調の服であふれていた。

「いいスーツ着てるね」

マジソンアベニューで買ったスーツを着ていったら職場の副社長（サルバドーレといい、通称サル）に言われた。

「東京にVANという好きな店があり、そこの服に似ているので買った」

ぼくはそんなことを言った。彼がスーツの上着の衿《えり》を指で返し商標を見た。

「それは逆じゃないのか」

ぼくが入ったマジソンアベニューの店はIVYの総本山ともいうべき「ブルックス・ブラザーズ」だったのだ。

知らないということは恐しい。

職場のボスも副社長も、シシリーからの移民の子供だった。乱暴な口をきく割には男気があってやさしかった。

洋服論

永井荷風

○日本人そもそも洋服の着始めは旧幕府仏蘭西《フランス》式歩兵の制服にやあらん。その頃膝取マンテルなぞと呼びたる由なり。維新の後岩倉公西洋諸国を漫遊し文武官の礼服を定められ、上等の役人は文官も洋服を着て馬に乗ることとなりぬ。日本にて洋服は役人と軍人との表向きに着用するものたる事今においてなお然り。

○予が父は初め新銭座《しんせんざ》の福沢塾にて洋学を修め明治四年亜墨利加《アメリカ》に留学し帰朝の後官員となりし人にて、一時はなかなかの西洋崇拝家なりけり。予の生れし頃（明治十二年なり）先考《せんこう》は十畳の居間に椅子卓子《テーブル》を据え、冬はストオブに石炭を焚きておられたり。役所より帰宅の後は洋服の上衣《うわぎ》を脱ぎ海老茶色のスモーキングジャケットに着換え、英国風の大きなるパイプを啣《くわ》えて読書しておられたり。雨中は靴の上に更に大きなる木製の底つけたる長靴をはきて出勤せられたり。予おさな心に父上は不思議なる物あまた所持せらるる事よと思いしことも数《しばしば》なりき。

○予が家にてはその頃既にテーブルの上に白き布をかけ、家庭風の西洋料理を食しいたり。或年の夏先考に伴われ入谷《いりや》の里に朝顔見ての帰り道、始めて上野の精養軒に入りしに西洋料理を出したるを見て、世間にてもわが家と同じく西洋料理を作るものあるにやと、かえって奇異の思をなしたる事もありけり。

○予六歳にして始めてお茶の水の幼稚園に行きける頃は、世間一般に西洋崇拝の風甚《はなはだ》熾《さかん》にして、かの丸の内鹿鳴館《ろくめいかん》にては夜会の催しあり。女も洋服着て踊りたるほどなり。されば予も幼稚園には洋服着せられて通わされたり。これ予の始めて洋服なるもの着たる時なれど、如何なる形のものなりしや能《よ》くは記憶せず。小学校へ赴《おもむ》く頃には海軍服に半ズボンはきたる事は家にありし写真にて覚えたり。襟《えり》より後は肩を蔽《おお》うほどに広く折返したるカラーをつけ幅広きリボンを胸元にて蝶結びにしたり。帽子は広き鍔《つば》ありて鉢巻のリボンを後に垂らしたり。ズボンは中学校に入り十五、六歳にいたるまで必《かならず》半ズボンなりき。その頃予の通学せし一橋《ひとつばし》の中学校にては夙《つと》に制服の規定ありしかば、上衣だけは立襟《たちえり》のものを着たれど長ズボンは小児の穿《うが》つべきものならずとて、予はいつも半ズボンなりしかば、この事一校の評判になりて大勢《おおぜい》のものより常に冷笑せられたり。頭髪も予は十二、三歳頃までは西洋人の小児の如く長目に刈りていたり。さればこれも学校にては人々の目につきやすく異人の児《こ》よとて笑われたりしなり。

○つい愚にもつかぬ回旧談にのみ耽《ふけ》りて申訳なし。さて当今大正年間諸人の洋服姿を拝見して聊《いささ》か愚論を陳《の》ぶべし。

○日露戦争この方十年来到処《いたるところ》予の目につくは軍人ともつかず学生ともつかぬ一種の制服姿なり。市中電車の雇人《やといにん》、鉄道院の役人、軍人の馬丁。銀行会社の小使《こづかい》なぞ、これらの者殆ど学生と混同して一々その帽子またはボタンの徽章《きしょう》にでも注意せざれば、何が何やら区別しがたき有様なり。以前は立襟の制服は学生とのみ、きまりていたりし故、敝衣《へいい》も更に賤《いや》しからず、かえって物に頓着せぬ心掛殊勝に見えしが、今日にては塵にまみれし制服着て電車に乗れば車掌としか見受けられず。学生の奢侈《しゃし》となりしも道理なり。

○到る処金ボタン立襟の制服目につくは世を挙げて、陸軍かぶれのした証拠なり。何となく独逸国《ドイツ》にいるような心地にてわれらには甚《はなはだ》閉口なる世のさまというべし。

○夏となればまた制服ならぬ一種の制服目につくなり。銀行会社は重役頭取《とうどり》より下は薄給の臨時雇のものに至るまで申合せたるように白き立襟の洋服を着手《き》に扇子《せんす》をパチクリさせるなり。保険会社の勧誘員新聞記者また広告取なぞもこれに倣《なら》う。日比谷辺より銀座丸内一帯は上海《シャンハイ》香港《ホンコン》の如き植民地のようになるなり。

○日本人は洋服着ながら扇子を携え持ち、人と対談中も絶間なくパチクリ音をさせる。但しこれを見て別に怪しむ者もなきが如し。これ日本当代特異の風習なり。西洋にては男子は寒暄《かんけん》にかかわらず扇子を手にすることなし。扇子は婦人の形容に携うるものたる事なお男子の杖におけるが如し。されば婦人にても人の面前にては扇を開きてあおぐ事なし。半開になして半面を蔽うなぞ形容に用るのみなり。然るに我国当世のさまを見るに、新聞記者の輩《やから》は例の立襟の白服にて人の家に来り口に煙草を啣《くわ》え肱《ひじ》を張ってパタパタ扇子を使うが中には胸のボタンをはずし肌着メリヤスのシャツを見せながら平然として話し込むも珍しからず。

○我国にては扇は昔より男子の 携《たずさえも》持ちたるものなれど、人の面前にて妄《みだり》に涼を取るものにはあらず、形容をつくらんがため手に持つのみにて開閉すべきものにはあらざるべし。

○メリヤスの肌着は当今の日本人上下一般に用うる所なり。日本人はメリヤスの肌着をホワイトシャーツと同じもののように心得ているが如くなれどこれ甚しき誤《あやまり》なり。ホワイトシャーツは譬《たと》えば婦人の長襦袢《ながじゆばん》の如し。長襦袢には半襟をつける。ホワイトシャーツにはカラアをつける。婦女子が長襦袢は衣服の袖口または裾より現れ見ゆるも妨げなきものなり。ホワイトシャーツもまたその如し。然れどもメリヤスの肌着に至っては犢鼻褌《ふんどし》も同様にて、西洋にては如何なる場合にも決して人の目に触れしむべきものにあらず。米国人は酷暑の時節には上衣を脱しホワイトシャーツ一枚になっておる事もあれど、この場合にてもメリヤスの肌着は見えぬように注意するなり。ホワイトシャーツの袖口高く巻上げ腕を露出せしむる時にもメリヤスの肌着は見せぬようにするなり。米国にて男子扇子を携うること決してなし。

○暑中銀行会社なぞにて事務を取る者は米国にては上衣を脱する事を許さるるなり。されどこの場合ズボン釣はせぬ方よしとせらる。ズボンは皮帯にて締めボタンを隠すなり。

○暑中用うるホワイトシャーツには胸の所軟《やわらか》く袖口も糊《のり》ばらぬものあり。従って色も白とはかぎらず、変り縞多し。皆米国の流行にして礼式のものならずと知るべし。

○米国は市俄古《シカゴ》紐育《ニューヨーク》いずこも暑気非常なる故龍動《ロンドン》または巴里《パリー》の如く品好《ひんよ》き風俗は堪難《たえがた》し。我国夏季の気候は、温度は米国に比すれば遥に低けれど、湿気あって汗多く出るをもて洋服には甚不便なり。日々洋服きて役所会社に出勤する人々の苦しみさぞかしと思えど規則とあれば是非なし。むかしは武士のカラ脛《ずね》、奴《やっこ》の尻の寒晒《かんざら》し。今の世には勤人《つとめにん》が暑中の洋服。いつの世にも勤《つとめ》はつらいものなり。

○近年堅きカラーの代りにシャツと同色《ともいろ》の軟きカラーを用ゆるものあり。これまた米国の風にして欧洲にては多く見ざる所なり。米国にても若き人専《もっぱら》これを用い老人はあまり用いず。

○パナマ帽は欧洲にても大陸の流行にて英国にては用る者少し。米国もまた然り。英米人の夏帽子には麦藁《むぎわら》多しと、五、六年前帰朝者の語る所なり今は知らず。

○ハンケチは晒麻《さらしあさ》の白きを上等とす。繡取《ぬいとり》または替り色は婦人のものなり。男子これを用る時は気障《きざ》の限りなるべし。米国にてはきざな男折々ハンケチを上衣胸のかくしよりちょっと見せる風あり。英国人は袖口へハンケチを丸めて入れ込む風あり。

○米国人は雨中といえども傘を携えず。いわんや晴天の日傘《ひがさ》をや。細巻の洋傘ステッキの如くに細工したるものは旅行用なり。熱帯の植民地は一日に二、三回 必《かならず》 驟雨《しゅうう》来るが故に外出の折西洋人は傘を携う。日本の気候四季共に雨多し。植民地の風をまなびて傘を携うべきことけだしやむをえざるなり。ヘルメット帽は驟雨に逢う時は笠の代用をなし炎天には空気抜より風通いて涼しく、熱帯には適したるもの。英国人の工風《くふう》に創《はじま》るという。

○半靴は米国にては人々酷暑の折これを用ゆ。欧洲にては寒暑共に半靴を穿《うが》つものなし。赤皮の靴は米国欧洲ともに夏にかぎりて用ゆるも礼式には避くべきなり。然るに日本にてはフロックコートに赤皮の半靴はきたる人折々あり。これ紋付羽織袴《もんつきはおりはかま》にて足袋《たび》をはかざるが如きものなり。

○洋服はその名の示すが如く洋人の衣服なれば万事本場の西洋を手本にすべきは言うを俟《ま》たざる所なり。然れども色地縞柄なぞはその人々の勝手なる故、日本人洋服をきる場合には黄《きいろ》き顔色に似合うべきものを択《えら》ぶ事肝要なるべし。色白き洋人には能《よ》く似合うものも日本人には似合わぬ事多し。黒、紺《こん》、鼠なぞの地色は何人にも似合いて無事なり。英国人は折々狐色の外套を着たり。よく似合うものなり。日本人には似合わず。縞柄あらきものは下品に見ゆ。霜降り地最も無事なるべし。

○洋服の形は皆様御存《ごぞんじ》の通り、背広、モオニングコート、フロックコート、燕尾《えんび》服《ふく》の類なり。背広は不《ふ》断着《だんぎ》のものにて日本服の着流しに同じ。モオニングコートも儀式のものにはあらず。

欧洲にては背広の代りにモオニングをきている人多し。背広にては商店の手代《てだい》に見まがう故なるべし。日本人は身丈《みたけ》高からざる故モオニングは似合わず。かつまたその仕立形むずかしきもの故、日本にてはやはり背広が無事なり。

○米国にては上下を通じて大抵の人皆背広を用う。米国の仕立は欧洲のものに比してズボンも上衣も共にゆったりとしてだぶだぶするほどなり。欧洲にても英国風は少しゆるやかなる方なれど、仏蘭西風はキチンと身体に合うようにし袖《そで》の付根《つけね》なぞ狭くして苦しきほどなり。日本人には米国風の仕立方適するが如し。されど男物は英国風を以て随一となすことあたかも女物の巴里《パリー》におけるにひとし。これ世界の定論なり。

○欧米の官吏は日々フロックコートを着るなり。されば紐　育《ニューヨーク》市俄古《シカゴ》なぞよべる商業地には官庁なく従って官吏なきを以て、宣教師の外には見すぼらしきフロックコートの人を目にすること稀なり。これに反して華盛頓《ワシントン》府を始め各州の首都に至ればフロックコートきたる人多し。フロックコートに用る帽子は必《かならず》シルクハットなるべし。欧洲にてはモーニングコートに高帽子を冠るもの尠《すくな》からず。品よく見えてよきものなり。

○午後の集会茶談会、または訪問の折には欧米共に必フロックコートを着し点灯の頃より燕尾服に着換うるなり。西洋にて紳士風の生活をなすには一日の中に三度衣服と帽子とを換えざるべからず。これ東洋豪傑肌《ごうけつはだ》の人の堪え得べき所にあらざるべし。

○手袋は寒暑ともに穿つものなり。これもまた日本人には煩瑣《はんさ》に堪えざる所ならん。

○杖は日本人もこれを携《たずさう》るもの多し。されどよく見るに杖の携方を心得たるは稀なり。西洋の杖はわが国の老人または盲者の杖とは異るものにて形容に過ぎず。歩行を扶《たす》けんがために地面に突くべきものには非らざるなり。杖の先に土の附きたるは甚見苦しきものなり。杖は客間にも帽子と共に携え入りて差つかえなきものなればその先には土の附かぬようにすべきなり。西洋にては美術館、図書館、劇場等到処杖を持ちたるままにて出入し得るなり。日本にては杖は下駄同様に取上げらるるが故銀細工象牙《ぞうげ》細工なぞしたるものは忽《たちまち》疵物《きずもの》になさるる虞《おそれ》あり。東京市中電車雑沓の中にて泥の附きたる杖傘の先をば平然として人の鼻先へ突付ける紳士もあり。洋風を模していまだ至る事能《あた》わざる大正の世の中洵《まこと》に笑うべきこと多し。

○帽子は既に述べしが如く洋服の形に従って各《おのおの》戴くべきものあり。背広に鳥打帽を冠るは適《ふさわ》しからず。鳥打帽はその名の如く銃猟、旅行航海等の折にのみ用るものにて、平生都会にてこれを戴くもの巴里あたりにては職工か新聞売子なぞなるべし。欧米ともに黒の山高帽は普通一般に用いらるるものなり。殊に米国東部の都市にては晴雨共に風甚しきが故、中折帽は吹飛ばされて不便なり。かつまた山高帽は丈夫にて雨にあたりても形崩れず、甚経済なるものなり。夏の炎天にても黒山高帽にてすこしも可笑《おか》しきことなし。中折帽は春より夏にかけて年々の流行あり。されば中折帽を冠るほどなれば洋服もこれに準じて流行の形に従わざれば釣合わずと知るべし。日本人は一般に中折帽を好む。然れども市中の電車にて見るが如き形の崩れたる古き中折帽は西洋にては土工の戴けるものの外《ほか》見ることなし。米国にては上下の階級なき故日曜日には職工も新しき黒の山高帽を戴き女房の手を引きて教会へ説教聞きに行くなり。

○洋服の仕立は日本人よりも支那人の方遥に上手なり。東京にては帝国ホテル前の支那人洋服店評判よし。燕尾服もこの店なれば仕立て得べし。銀座の山崎なぞは暴利を貪るのみにて、縫目《ぬいめ》あるいはボタンのつけ方健固《けんご》ならず。これ糸を惜しむ故にして、日本人の商人ほど信用を置きがたきはなし。

○仏蘭西にて画工詩人音楽家俳優等は方外の者と見なされ、礼儀に拘捉《こうそく》せざるもこれを咎《とが》むるものなし。さればこの仲間の弟子には自ら特別の風俗あり、頭髪を長くのばし衣服は天鵞絨《ビロード》の仕事服にて、襟かざりの長きを風になびかし、帽子は大黒頭巾の如きを冠る。中折帽に似てその鍔《つば》広く大なるを冠るもあり。これを芸人帽子（シャッポーダルチスト）と呼ぶなり。冬も外套を着ず。マントオを身にまとう。眉目清秀《びもくせいしゅう》なる青年にてその姿やや見すぼらしきが雪の降る夕なぞ胡弓入れたる革鞄《かわかばん》を携え公園の樹陰を急ぎ行く姿なぞ見れば、何となく哀れにまた末頼《すえたのも》しき心地せらるるなり。かかる風俗巴里ならでは見られぬなり。

○都見物左衛門先生が『時勢粧《いまようすがた》』あまりの面白さに、己れもまけじと洋服論書きて見たれど、どうやら種も尽きたれば自然これにて完結とはなりけらし。

永井荷風

学生ハイカラしらべ

今和次郎

さる教授は試験場に入るなり、ボールドに「××××××××」と当日の問題をかいて、ざわめく学生席を一応見渡してから、一枚の紙片をとり出して何かノートやらスケッチやらをはじめた。彼教授は何をかいていたのか？　時間後に紹介されたところによれば第１図のようなものであった！

この図及表は「大学生ハイカラしらべ」と称されている。そしてこれは何に役立つのかと云うと、先ず、世の親達に見せたならば、どれが——どんな格恰が——自分の息子であるかを捜すにかかるにちがいない。また知合いの誰それをこの図で捜し求める人もあるだろうじゃないか。そして彼の勉強している姿を慈しもうではないか！

だがもう少し現代の学生の風俗を知る材料としても役立たしめ得るわけだ。やかましくいうと、現代学生の頭髪始末の状況一覧図として客観的にみる上の。

第一圖

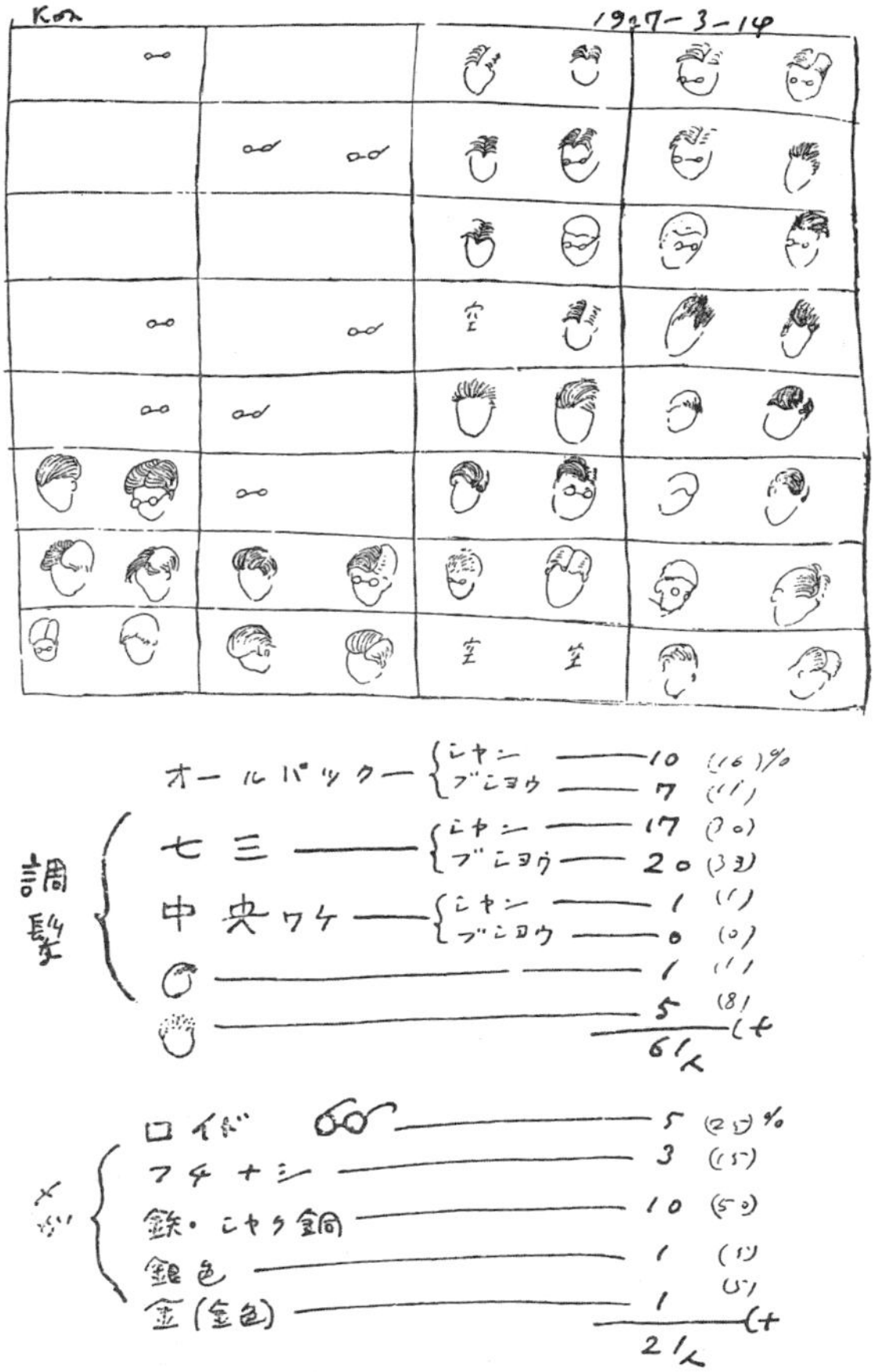

だがテンポが早いもので、現在即ち一九二九年からふりかえると、この約三年前の採集にかかるところのものは大分現在とは変っている。此の年代即ち一九二七年には、尚お未だオールバックは相当の勢力を占めている状態が示されている。しかしその他に於てはたいした変りがない。

ザンギリが先ず十パーセント見当――此頃はこの能率頭はいくらか増加しているかも知れない。――十年許り前までは優勢だった角刈や、前のこし、はこれでは一パーセントに残存している。最も優位を占めるのは――現在では益々そうだが――七三である。

細かいくせは絵で見てもらわなければならぬが、更に大体の見当で、手入がとどいているかいないかの別を数えたのは、前の表に出ている。之によると学生のブショウ頭は型の如何に関せず随分あるわけだ――勿論、之は試験場にての有様だから平常とちがうともみられるが、先ず平常と大差ないといっていいようだ。

眼鏡あるなしはこれではざっと三人の中で一人眼鏡をかけている数字に出ている。

眼鏡の種類は、此頃はセルロイドブチと相場がきまったが、これでは尚お、古い名残りが大分優勢に現われている。――中学生のかけている眼鏡は殆どセルロイド式になったが、現在の大学生は眼鏡をかけはじめた昔はそうではなかった、という理由でここに出たような数字が結果されたものと思う。

さて、次の図にうつって更に説明を展開させてみると、これは未了未済試験場からの採集報告だから、その点で、別の興味にいざなわれるけれど、それよりも、二三種の科が混合している事からの興味の方を著しくした方がいいようだ。

即ち、I科とE科とは殆ど純科学的な科目であるし、A科は、前に採集したと同じ科で、I及E科に較べると、一段と芸術的な科目なのである。それで、それらの科目の性質とシャンとブショウの関係なのだが、前の芸術的な科目の方ではブショウの比率が大変多く、殆ど半々の状態（前のでも、此の図のA科の集計でも）だが、純科学的な科目の学生達は、そうじゃなく、ブショウの比率は約三十パーセント位迄低下して来ている。即ち二十三人に対して十人の比である。

この対比で、一方は整理整頓という事が生命だからとも見られるし、また社会的であるからとも見られるが、他方は不規則的で、個人的主観的であるからだと考えられるのではないか。

その事をつきとめる為には、各種の科の学生の採集をやってみなければならないのであるが、例えば文科と商科、政治科、法律科、経済科、医科、等々をならべたならば、主観的である程度に応じて、シャンとブショウの表が出、それの数量的関係がどれだけ主観的であるか、また

第二圖

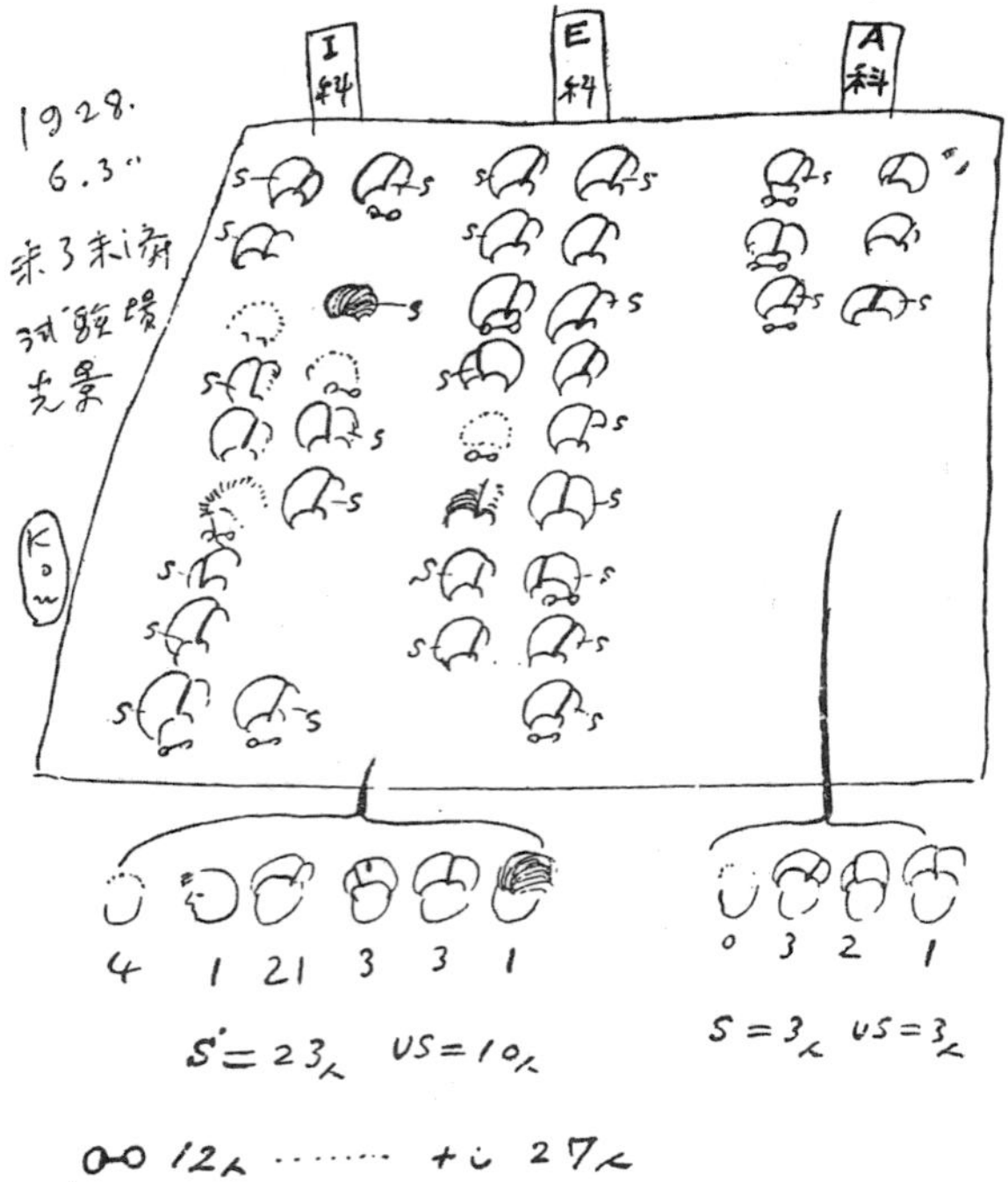

社会的であるか、また理智的であるかの計量尺度になるのではないだろうか。そしてシャンとブショウの哲学はここから新らしく発展するかも知れないのである。

断片採集は、結論を得る為のものでなく、暗示的な結果をあげ、発展のレールを敷く為の枕木の役をすれば足りる。(嘗て「週刊朝日」に掲載したところを追補改筆)

今和次郎

茶色い背広

吉村昭

家内に、背広の処分を依頼した。

背広と言っても、タウンウェアーの上衣である。イギリス製の茶色い生地を仕立てたものである。

その背広をつくったのは、三十年以上前である。

二十歳の折に肺結核の手術で肋骨《ろっこつ》を五本切除されたので左後背部にくぼみがあり、左手が右手より四センチ長い。

そのため背広は既製のものは着られず、誂《あつら》えなければならない。東京駅の近くに弟の友人が紳士服専門店を経営していたので、安月給取りの身ではあったが、仕立ててもらい、その後も洋服をその店でつくってもらっている。

茶色い背広を私は気に入っていて、街に出る時着用することが多い。生地がよく、仕立てもしっかりしているので少しも着くずれしていない。

十年ほど前、さすがに裏地がすり切れて、その店に持っていった。弟の友人は、背広を裏返したりして、

「まだ十分着られますね」

と言って、裏地を貼りかえてくれた。

二カ月ほど前、知人に誘われて銀座のバーに入った。私の初めて入るバーである。知人が、カウンターの中にいるマダムに私を紹介すると、マダムは、

「ずいぶん古いタイプの背広を着ているんですね」

と、言った。

女性の服装は流行があるが、背広はほとんど変らないと思っていた私は、背広にも流行があるらしいことに初めて気づいた。

帰宅してその話を家内にすると、客に失礼なことを言うひとですね、と不快そうだった。

しかし、言われなければ気づかず、むしろよかったのだ、と私は家内に言った。

私は、あらためてその背広を見つめた。衿《えり》が細目なのが古いタイプなのか、と思った。着くずれはしていないが、なんとなく生地がくたびれているようで、もうそろそろお役御免にしてやった方がいいかも知れぬ、と考えた。三十年以上前に作った背広が着られることは体型が全

く変っていない証拠で、それは幸せだと言える。

私は、背広に対して、長い間御苦労さん、と胸の中でつぶやき、家内に処分を頼んだ。

洋服ダンスには二十年以上も前につくった背広がいくつかかかっていて、いつかはそれらとの別れの日がくるのだと思っている。

吉村昭

銀座漫歩の美婦人三例

小村雪岱

ゆうべ銀座を漫歩してみました。大体が、私はこれが嫌いと云うものはないので、従ってこれぞと好きなものもない訳で、その性質をよく人に笑われるのですが、処がゆうべは、今更のように銀座の女性が美しくなって来ているので驚きました。スケッチをした三人の女性は、殊に「綺麗だな」と大好きになった人達です。

第一例

島田の娘さんは、先ず姿格好殊にしま縮緬の着物の好みがよかったのです。今までは縞物なら縞一点張り、模様ものなら模様で押していたのが、

縞に兎の模様をあしらった、如何《いか》にも新時代の感覚が感じられるものでした。こうした娘さん型は、勿論ありふれたと云えば、それに違いないのですが、着物に新時代の匂いがあると同時に、姿にも一点の新しさがあったのは見逃し難い処でした。

第二例

洋服の女性は、さア身許調査は暫く措くとして、これは私が最も感嘆させられた人で、一分の隙もないドレッシングでした。真っ黒なビロードの外套、純白なボア手袋には金の刺繍が美しく施されていました。靴下はこれも白、靴も白でした。これだけのスタイルには恐らく毛唐連の間にも見出し得ないものでしょう。

よく日本の女性が洋装した場合大根のような足云々が喧《やかま》しく論議されますが勿論それは発育のよろしい大根足は困りますが、わが女性も近頃は姿態もよく成ってきて足の美には、そう一概に軽蔑しきって了《しま》ったものでない、特有のものがあります。それは西洋人のすんなりした足と違った、線の柔かい円《まる》さ

小村雪岱

です。西洋人の足は眺めるだけの美しさはありますが、わがモガさんの足には、感触を誘う迄の美があると思うのです。冷たさのかわりに親しみがあります。日本の近頃の女性は、それをもっと自覚して誇りに、街路へ進出していると思います。

第三例

次ぎの若奥様の着物は、大胆にもこれが六朝模様でした。どうもこれ迄は徳川時代の伝統にひきずられて来たのが、数千年も前の支那模様を探り込んできているのは、そしてそれが立派に近代女性の姿態に活かされているのを見ると、驚く許《ばか》りでした。品もあり、高雅さも加わって実際よいものでした。襟の黄色もよい好みでした。ただこの若奥様はストッキングをはいて居られましたが、私はこのストッキングは嫌いです。

ストッキングの流行は、防寒の必要から来たものでしょうが、それとともに肌をみせる不体裁を避けるための毛唐的な考えから来たものでしょう。これが、どうも気に入りません。大体、

西洋人程勝手なものはないので、肌をみせるのが嫌らいなら、嫌らいでよいのですが、夜会などの格好はどうでしょう、殆んど、裸体ではありませんか。あの背肌をあらわすのを、足にもって行ったからとて、決して不体裁の筈がありませんよ。それに皮膚の地が、西洋人とは由来雲泥の相違で、足の美しさは、もっともっとわが女性諸君に俟《ま》ってのみ発揮されていいと思っていますね。

好きな髷のことなど

上村松園

茶の袴

私が画学校に行っていた時、学校の古顔に前田玉英《ぎょくえい》さんがいました。その頃二十二、三ぐらいの年頃だったと思うが、画学校では女の生徒に茶の袴を穿かせることになっていたので、私らも茶の袴を穿き、袴を穿くのだからというので靴を買ってもらったことを覚えています。

束髪

その頃、というと明治二十一年頃、えらい何も彼も西洋が流行《はや》った頃で、束髪がちらほら出かけていました。後ろを円く三ツ組に編んで網をかぶせ、前髪を切って下げるのが最初に流行った型でした。玉英さんはそうした流行《はやり》の風をしていられた。私も束髪を結ったことがあります。それに薔薇の花《はな》簪《かんざし》など挿したものでした。

着物の柄

着物には黒襟がかかっていました。柄は細かい地味なのが流行りまして、十三詣りの時に着た着物を、私は今でも着ていますが、結構可笑《おか》しくなく着られます。着物の柄は、後になればなるほど荒く華美《はで》になってきています——一体がそんな風でした。

黄八丈に黒縮緬

今から思えばいくらでも可笑しいほどの思い出があります。私の二十二、三の頃、明治三十年頃になりますと、その頃男の人が、黄八丈の着物に黒縮緬の羽織を着ることが流行りました。松年《しょうねん》先生や景年さんなど、皆そうした風をしていられたものです。

はわせと桃割

私の家は四条通りの今の万養軒のあるところで葉茶屋をしていましたが、私の十九の時火事で焼けました。粉本や写生など皆焼いてしまいました。その向かいの、今の今井八方堂さんのお店が、小町紅でした。お店に人が並んで、小皿にせっせと紅を刷いていると、いつも田舎から出て来た人が買いに集まっていたものです。町の娘さんたちも買いに来ました。その頃の娘さんたちがよくはわせに結っていたのを覚えています。はわせというのは、今の鬘《かずら》下地の輪毛《わげ》を大きくしたもので、鬘下地に較べるとズッと上品なものです。

その頃桃割を結っている娘さんもありました。桃割もいいものだけれど、はわせに較べるとどこか味がない気がします。

揚巻

日清戦争頃から明治三十年前後にかけて揚巻《あげまき》が流行りました。先年鏑木清方《かぶらききよかた》さんが帝展に出された《築地明石町》の婦人が結ってたのがそれですが、今でもあいさにあれを結った人を見受けることがあります。皮肉な意気なものです。

それをあの当時には、大きく華美《はで》に上げたり、小さくちんまりしたりしていました。その上げ方の大小で名も変わるかも知れませんが、あれによく似た髪形で英吉利巻《イギリスまき》と呼んだのもありました。

華美な東京の女

大阪に尾形華圃という閨秀《けいしゅう》画家がいて、私より三つほど年上でしたが、その人と連なって東京博覧会の時にはじめて東京見物に行ったのでした。日光などにも行って一週間ばかり見物して廻りました。

何か百貨店みたいなところで、女の人たちが年寄や若い人やの行くのを、京都の人たちにくらべてけばけばしいほどに華美に思ったことを思い出します。博物館で会った女の画家を記憶していますが、ハイカラに結って眼鏡を掛け、華美な羽織を着て、パッとした色の風呂敷を持ったりして、そして何かを縮図していました。えらい上手そうな様子で縮図しているのをちょっと窺《のぞ》いて見て、何や下手クソやないかと思ったりしたことまで覚えています。

おしどり

近頃は大した束髪ばやりで、日本髷はとんと廃《すた》ってしまいましたが、私は日本髷の方がどうも束髪より好きです。

昔から流行った日本髷のうちには随分いいものが沢山あります。今はほとんどすたってしまったものでもどこかに残っています。芝居などでもいい型は鬘にして残っているのです。

おしどりなども可愛らしくしおらしいものです。おしどりは元来京風の髷で、島田に捌《さば》き橋《ばし》を掛けたその捌きが鴛鴦《おしどり》の尻尾に似てもおり、橋の架かった左右の二つの髷を鴛鴦の睦まじさに見立てたわけなのでしょう。芝居では椀久《わんきゅう》の嫁さんが結っており、三勝半七のお園の髪も確か鴛鴦だったと思います。

昔のおしどりがそのままでは今様にしっくりしないというので、私はそれではぐるりを桃割にし輪毛をおしどりにしたらどんなものかしらといったことがあります。京都で日本髷の実際家たちがさみどり会という会を作って研究しているのがありますが、ある時その会の人が出て来て、何か新しい髷型を考案してくれといわれましたので、私は髷をおしどりにして、ぐるりを江戸ッ子にしたらどんなものでしょうといってやりましたが、早速それをやって見せられました、これはなかなかそれがよいものでした。

裂笄

年増の人には裂笄《さきこうがい》が何ともいえない情のあるものです。形はちょっと島田崩しに似たところがありますが、嫁いで子供でも出来たという年頃の人が、眉を落としたりしたのにしっくりします。

流行

いいはわせにしても裂笄にしても、その他今は廃っていて芝居などに型の残っている髷のいいのがいくらでもありますが、ああした髷を、ぐるりを今風の江戸ッ子にして結って見たら、それはあるいは橋を架けるとか、または横に笄《こうがい》を挿すとかしたら、随分といろいろいいものが相当に出来そうに思います。

どうも今時の人は、ヤレ流行ソレ流行と、着物の柄から髪形から、何も彼も流行となると我れ勝ちに追ッかけて、それが自分に適《うつ》ろうがうつるまいが、そんなことは一切合財考えなしで随分可笑しな不調和な扮装《つくり》をしている人が沢山あるようです。御自分ではそれでいいでしょうが、知らぬが仏とやらで、存外平気でいるようですけれど、考えてみると随分変なものです。何とかして自分にあうもの、適《うつ》る形などについて婦人がそれぞれに自分で考えるようなことになってほしい気がします。

お高祖頭巾

といって、今流行っていない髷を結ったりすることは、随分晴れがましいものでもあります。それだけ人目に立つわけなのですから、ほんとうにいいという自信をもってやるのでないと、それこそ恥ずかしい目にあわないものでもありません。

そこに行くと花柳社会の人たちには勇気があります。いつだったか、先斗町《ぽんとちょう》で有名な美人の吉弥《きちや》と一緒に何彼と話していた時、お高祖頭巾《こそずきん》の話が出ました。紫縮緬か何かをこっぽりかついで、白い顔だけ出した容子は、なかなか意気ないいものだと思います。そんな話を吉弥も同感していましたので、私は「あんたおしるといい」と勧めますと、一遍やってみまほということで別れたことでした。

婦人には、流行を自分で作り出すくらいの意気地があってほしい気がします。

武子夫人

しかし、流行の魁《さきがけ》となろうとするには、隙《ひま》が要《い》りお金も要るわけです。それに美しい人でないといけない。美しい人だと、どんな風をしてもよく似合うのはそこだろうとも思います。最近で日本のあるひと頃の流行の魁をなした人として、私は九条武子夫人を思い出します。武子さんは生前自分で着物の柄などについて、呉服屋にこんな風なものあんな柄のものと頻りに註文していられました。この間内から大倉男爵や横山大観さんなどの歓送迎会などの席上で、京都でも一粒選りの美人を随分見る機会がありましたが、目が美しいとか生え際がいいとか、口許が可愛いとか、とにかく部分的に綺麗な人はかなり沢山ありました。けれども何も彼も揃って綺麗な人というと、なかなかいないものだと思いました。第一、あの社会の人だと、どことなく気品に乏しいので、これ一つでもすでに欠点になります。そこに行くと武子さんくらいの人は、よっぽど珍しいと私は思ったことでした。

モデル

大正四、五年頃、私は帝展に《月蝕《げっしょく》の宵》を出そうとかかった時、武子さんにモデルになって貰ったことがあります。といって私は、何も洋画の人のやるように、あらゆる部分をそっくりそのまま写し取ったわけではありません。私の写生の仕方がいつもそうで、あちらこちらから部分部分のいいところをとってはそれを綜合するというやり方で、武子さんにも立ったり掛けたりして貰って、それを横や後ろから、写さして頂いたのです。

私は時々自分の姿を鏡に映して写生します。それは縮緬みたいな柔かいものを着た時の、褶《ひだ》の線の具合などよくそうして見るのです。そんな場合、自分でやると彼方も此方も双方とも硬くならずに、たいへん自由な心持ちでよろしいと思います。

『かの子抄』より

岡本かの子

ある経験

私は、経験として、こんなことが云い度《た》い。

おかしな事には、久しぶりで、こんな着物が着て見度い、こんなのをこしらえようとして、意気込んで呉服店なりデパートなりへ行って買って来る。そして仕立てる。着て見ると、どうもあんまり似合わない。そのくせ、何の意気込みなしに、一寸他の買いものの序《ついで》かなにかにデパートへでも行ったとき、横目で一寸見て、さっそくの間に目につけ気にいって、出来ごころで買って来たものが、案外よく似合ったりすることが度々ある。何故だろう、と考えてみる。

心が技巧的にたくらみなく、自然に流露する時、却って対照を的確に把握出来る——着物の好みなども、元来の自分というものが自分自身をよく知っている。それは生れたときからの、自分の中に潜在しているかくれた意識とでもいうのであろうか、一目みてインスピレーションを起した買いものが、おのれの電気とよく燃焼し合うことも当然であろう。

同じく

流行は十年目位ずつに一期を画するという。私は古いものを平気で着る無頓着さがあるせいか、時々思わぬ得をすることがある。

かつて、銀と、黒の市松模様の帯の流行した時があった。私はある日銀座で友人と会うと、あれ、随分お早いのね、もうその流行をマスターしていらっしゃるわと、友達が私の帯を見た。私はなる程、その時、銀と黒の市松模様の帯をしめていたのである。

しかしその帯は、私が流行をマスターして着用していたのとは全然意味が違う。むしろ意味の真相はその反対なのであった。私はその年から凡そ十年以前つくった帯を、例の無頓着さからしめて銀座へ出たのであった。

百貨店――天地

デパートが好きです。と云ったらさだめし便利だからであろうとか、安いからだろうとか、それだから私がデパートが好きなんだろうと推測されるかもしれません。でも私はそういう理由よりも、ずっとデパートの好きなわけがほかにあります。私は私のロマン性から、デパートを一つの天地の風景と見做すからです。

デパートの大建築は、それ自体が水陸をふくむ天地間の一廓のようなスケールをなしているではありませんか。そして、その内部の細別、起伏、変化、多種多様。われわれは蜜柑の黄金が底光りする谷のような階段の下から、たちまち峯のような階上に昇り、そこに雲霞のようにたなびく絹布さまざまの色彩の揺曳《ようえい》するのに逢います。素朴な木綿織の山積する場所へ行けば遠く僻村に来た感じを催させられますし、毛織物部では欧洲の気分にさえつつまれます。小児服に包囲されて家庭的な感情になり、たちまち結婚の式服着に出逢って、それを着て粛立するマネキン人形に、親戚の娘の今秋の結婚を思いやり微笑する。

それから家禽や植木の類に森や水中の聯想が突如として出現して来るし、お腹がすけば、お金をあまり使わせないで懇ろな飲物、親切な喰べ物があり、最階上や窓から覗けば下には都会の殷賑《いんしん》が望まれ、上には九天に連なる大空が仰がれる。廓内全体を行きつくして歩幅何町に及べば、女の運動として相当なものです。

追羽根

ふらんす語のプチ、、という言語は、しかつめらしい訳語など当てなくとも、それ自体が無条件な愛感を催させる言語である。日本であの語にあてはまるものは、何であろうかと考えた。追羽根である。あの羽子板でつく追羽根。あんなに綺麗で可愛ゆくて上品で、素直にきりきり舞いをする追羽根のような玩具が、世界にまたとあろうか。追羽根が素直な娘のような小首を振って舞い上るのは、殊にも日本の東京のあまり重々しくない、薄手に曇った寒天の下が似合わしく思われる。追羽根が白、黒、朱位に染められ、また中に牡丹の小花の据った球が半分金箔に染められたのが殊に好い。

今後の日本の幾代に亙《わた》って、何等倫理道徳説のいぶきにかからず、追羽根よ、可憐な日本の娘の春の掌から、永久に影をひそめることなかれ。

著者略歴・出典（掲載順）

柳田國男　やなぎた くにお

1875年、兵庫生まれ。民俗学者。日本民俗学の創始者として知られる。『遠野物語』『石神問答』『民間伝承論』『海上の道』など著書多数。1951年文化勲章受章。1962年没。

◎出典：『定本柳田國男集　第二十九巻』筑摩書房

佐多稲子　さた いねこ

1904年、長崎生まれ。小説家。『樹々新緑』『日々の伴侶』『キャラメル工場から』『体の中を風が吹く』『女の宿』『樹影』『時に佇つ』『月の宴』など著書多数。1998年没。

◎出典：『佐多稲子全集　第十七巻』講談社

村上春樹　むらかみ はるき

1949年、京都生まれ。小説家、翻訳家。著書に、小説『風の歌を聴け』『ノルウェイの森』『海辺のカフカ』『1Q84』『騎士団長殺し』、翻訳『キャッチャー・イン・ザ・ライ』など多数。

◎出典：『村上春樹　雑文集』新潮社

田中冬二　たなか ふゆじ

1894年、福島生まれ。詩人。銀行員として勤務するかたわら、詩作をおこなう。主な詩集に『青い夜道』『晩春の日に』などがある。1980年没。

◎出典：『海の見える石段』第一書房

宇野千代　うの ちよ

1897年、山口生まれ。小説家、エッセイスト、編集者。『色ざんげ』『おはん』『或る一人の女の話』『生きて行く私』など著書多数。1990年、文化功労者。1996年没。

◎出典：『行動することが生きることである』集英社文庫

長谷川町子　はせがわ まちこ

1920年、佐賀生まれ。漫画家。主な作品に『サザエさん』『いじわるばあさん』『エプロンおばさん』などがある。1982年、紫綬褒章受章、1992年、国民栄誉賞受賞。1992年没。

◎出典：『サザエさん』5・15・48巻　朝日新聞出版、『装苑』1952年6月号　文化出版局

石原慎太郎　いしはら しんたろう

1932年、兵庫生まれ。小説家、政治家。1956年『太陽の季節』で芥川賞受賞。1968年、参議院議員選挙に当選し、政界進出。1999年より2012年まで東京都知事を務める。『化石の森』『弟』など著書多数。2022年没。

◎出典：『装苑』1956年6月号　文化出版局

宮本百合子　みやもと ゆりこ

1899年、東京生まれ。小説家。『貧しき人々の群』『伸子』『播州平野』『風知草』『二つの庭』『歌声よおこれ』『道標』『十二年の手紙』など著書多数。1951年没。

◎出典：『宮本百合子全集　第十五巻』新日本出版社

河野多恵子　こうの たえこ

1926年、大阪生まれ。小説家。1963年、『蟹』で芥川賞受賞。『幼児狩り』『最後の時』『みいら採り猟奇譚』『後日の話』など著書多数。2002年、文化功労者、2014年、文化勲章受章。2015年没。

◎出典：『河野多恵子全集　第10巻』新潮社

吉行淳之介　よしゆき じゅんのすけ

1924年、岡山生まれ。小説家、エッセイスト。

1954年、『驟雨』で芥川賞受賞。『不意の出来事』『星と月は天の穴』『暗室』『鞄の中身』『夕暮まで』『人工水晶体』など著書多数。1994年没。

◎出典：『吉行淳之介全集　15』新潮社

幸田文　こうだ あや

1904年、東京生まれ。小説家、随筆家。父は作家の幸田露伴。主な著書に、露伴に関する随筆『雑記』『終焉』、自伝的小説『みそっかす』『おとうと』、小説『黒い裾』『流れる』などがある。1990年没。

◎出典：『幸田文全集　第十八巻』岩波書店

小川洋子　おがわ ようこ

1962年、岡山生まれ。小説家。1990年、『妊娠カレンダー』で芥川賞受賞。『博士の愛した数式』『薬指の標本』『猫を抱いて象と泳ぐ』『人質の朗読会』『いつも彼らはどこかに』など著書多数。

◎出典：『とにかく散歩いたしましょう』毎日新聞社

室生犀星　むろう さいせい

1889年、石川生まれ。詩人、小説家。詩集に『抒情小曲集』『愛の詩集』『昨日いらつしつて下さい』、小説に『性に目覚める頃』『幼年時代』『杏っ子』『蜜のあはれ』など著書多数。1962年没。

◎出典：『室生犀星全集　第十一巻』新潮社

望月ミネタロウ　もちづき みねたろう

1964年、神奈川生まれ。漫画家。主な作品に『バタアシ金魚』『お茶の間』『鮫肌男と桃尻女』『ドラゴンヘッド』（講談社漫画賞、手塚治虫文化賞）『ちいさこべえ』（文化庁メディア芸術祭優秀賞）などがある。

◎出典：『ビッグコミックオリジナル』２０２２年第11号　小学館

森茉莉　もり まり

１９０３年、東京生まれ。小説家、エッセイスト。父は作家の森鷗外。『父の帽子』『恋人たちの森』『枯葉の寝床』『贅沢貧乏』『甘い蜜の部屋』など著書多数。１９８７年没。

◎出典：『森茉莉全集３』筑摩書房

江國香織　えくに かおり

１９６４年、東京生まれ。小説家。２００４年『号泣する準備はできていた』で直木賞を受賞。『こうばしい日々』『きらきらひかる』『泳ぐのに、安全でも適切でもありません』『犬とハモニカ』『去年の雪』など著書多数。

◎出典：『泣く大人』世界文化社

川上未映子　かわかみ みえこ

大阪生まれ。小説家。２００８年『乳と卵』で芥川賞を受賞。小説に『ヘヴン』『愛の夢とか』『あこがれ』『夏物語』『すべて真夜中の恋人たち』『黄色い家』、詩集に『先端で、さすわ　さされるわ　そらええわ』『水瓶』など著書多数。

◎出典：『発光地帯』中公文庫

村田沙耶香　むらた さやか

１９７９年、千葉生まれ。小説家。２０１６年『コンビニ人間』で芥川賞を受賞。『ギンイロノウタ』『しろいろの街の、その骨の体温の』『マウス』『星が吸う水』『タダイマトビラ』『殺人出産』『信仰』など著書多数。

◎出典：『ＳＰＵＲ』２０１７年８月号　集英社

三島由紀夫　みしま ゆきお

1925年、東京生まれ。小説家、劇作家、評論家。『仮面の告白』『潮騒』『金閣寺』『憂国』『サド侯爵夫人』『豊饒の海』など著書多数。1970年没。

◎出典：『三島由紀夫全集28』新潮社

林芙美子　はやし ふみこ

1903年、山口生まれ。小説家、詩人。詩集に『蒼馬を見たり』、小説に『放浪記』『風琴と魚の町』『清貧の書』『牡蠣』『稲妻』『晩菊』『浮雲』『めし』など著書多数。1951年没。

◎出典：『現代詩文庫　林芙美子詩集』思潮社

岸田劉生　きしだ りゅうせい

1891年、東京生まれ。洋画家。娘の麗子をモデルに描いた『麗子五歳之像』『麗子微笑』などの肖像画で知られる。絵画作品に『切通しの写生』『村娘於松立像』、著書に『初期肉筆浮世絵』などがある。1929年没。

◎出典：『摘録　劉生日記』岩波文庫

檀一雄　だん かずお

1912年、山梨生まれ。小説家。1950年『真説・石川五右衛門』『長恨歌』で直木賞を受賞。『花筐』『リツ子・その愛』『リツ子・その死』『火宅の人』『檀流クッキング』など著書多数。1976年没。

◎出典：『装苑』1952年7月号　文化出版局

沢村貞子　さわむら さだこ

1908年、東京生まれ。俳優、エッセイスト。「赤線地帯」「駅前シリーズ」など、多数の映画、テレビドラマ、舞台に出演。著作に『貝のうた』『私の浅草』(日本エッセイスト・クラブ賞受賞)

などがある。1996年没。

◎出典：『老いの楽しみ』岩波書店

会田誠　あいだまこと

1965年、新潟生まれ。現代美術家。「あぜ道」「考えない人」をはじめ多くの絵画・立体作品を発表。主な個展に「会田誠展：天才でごめんなさい」（森美術館、2012年）、「ま、Still Alive ってこーゆーこと」（新潟県立近代美術館、2015年）などがある。

◎出典：『美しすぎる少女の乳房はなぜ大理石でできていないのか』幻冬舎

森敦　もりあつし

1912年、長崎生まれ。小説家。1974年『月山』で芥川賞を受賞。『鳥海山』『わが青春わが放浪』『わが風土記』『われ逝くもののごとく』など著書多数。1989年没。

◎出典：『森敦全集　第七巻』筑摩書房

太宰治　だざいおさむ

1909年、青森生まれ。小説家。『晩年』『女生徒』『皮膚と心』『走れメロス』『津軽』『お伽草紙』『パンドラの匣』『ヴィヨンの妻』『斜陽』『人間失格』など著書多数。1948年没。

◎出典：『太宰治全集5』筑摩書房

米原万里　よねはらまり

1950年、東京生まれ。ロシア語通訳、翻訳家、エッセイスト、小説家。『不実な美女か貞淑な醜女か』『ガセネッタ＆シモネッタ』『嘘つきアーニャの真っ赤な真実』など著書多数。2006年没。

◎出典：『真昼の星空』中公文庫

菊池寛　きくち かん

1888年、香川生まれ。小説家。文藝春秋社を設立し、『文藝春秋』を創刊。芥川龍之介賞、直木三十五賞などを創設した。小説『恩讐の彼方に』『真珠夫人』戯曲『父帰る』など著書多数。1948年没。

◎出典：『きもの随筆』双雅房

江戸川乱歩　えどがわ らんぽ

1894年、三重生まれ。小説家。名探偵明智小五郎シリーズ、『二銭銅貨』『D坂の殺人事件』『心理試験』『人間椅子』『パノラマ島奇譚』『鏡地獄』など著書多数。1965年没。

◎出典：『きもの随筆』双雅房

宇野亞喜良　うの あきら

1934年、愛知生まれ。イラストレーター、グラフィック・デザイナー。作品集に『宇野亞喜良60年代ポスター集』『MONOAQUIRAX＋宇野亞喜良モノクローム作品集』などがある。1999年、紫綬褒章、2010年、旭日小綬章受章。

◎出典：『装苑』1991年9月号　文化出版局

白洲正子　しらす まさこ

1910年、東京生まれ。随筆家。夫は実業家の白洲次郎。『韋駄天夫人』『能面』『かくれ里』『日本のたくみ』『私の古寺巡礼』『両性具有の美』など著書多数。1998年没。

◎出典：『白洲正子全集　第一巻』新潮社

嶽本野ばら　たけもと のばら

京都生まれ。小説家、エッセイスト。小説に『エミリー』『ロリヰタ。』『下妻物語』『ハピネス』『純潔』、エッセイに『それいぬ――正しい乙女になるために』など著書多数。

◎出典：『パッチワーク』扶桑社

萩原朔太郎　はぎわら さくたろう

１８８６年、群馬生まれ。詩人。詩集に『月に吠える』『青猫』『純情小曲集』『氷島』、随筆に『無からの抗争』『日本への回帰』『帰郷者』など著書多数。１９４２年没。

◎出典：『萩原朔太郎全集　第八巻』筑摩書房

厨川蝶子　くりやがわ ちょうこ

１８８７年、長崎生まれ。随筆家。夫は英文学者の厨川白村。作品に『悲しき追懐』『たばこ』などがある。１９５４年没。

◎出典：『現代作家代表名作選集』春江堂

竹久夢二　たけひさ ゆめじ

１８８４年、岡山生まれ。画家、詩人。美人画で知られ、書籍や雑誌の挿絵、装幀、広告などのデザインも多く手がけた。絵画作品に「黒船屋」「青山河」など、詩集に『どんたく』などがある。１９３４年没。

◎出典：『竹久夢二詩画集』岩波文庫

芥川龍之介　あくたがわ りゅうのすけ

１８９２年、東京生まれ。小説家。『羅生門』『鼻』『芋粥』『戯作三昧』『地獄変』『杜子春』『邪宗門』『藪の中』『河童』『歯車』など著書多数。１９２７年没。

◎出典：『芥川龍之介全集　第九巻』岩波書店

高野文子　たかの ふみこ

１９５７年、新潟生まれ。漫画家。作品集に『るきさん』『棒がいっぽん』『ドミトリーともきんす』などがある。『黄色い本――ジャック・チボーという名の友人』で手塚治虫文化賞受賞。

◎出典：『るきさん』筑摩書房

久保田万太郎　くぼた まんたろう

１８８９年、東京生まれ。小説家、劇作家、演出家、俳人。小説に『朝顔』『浅草』『末枯』『春泥』『花冷え』、戯曲に『大寺学校』などがある。１９５７年、文化勲章受章。１９６３年没。

◎出典：『きもの随筆』双雅房

花柳章太郎　はなやぎ しょうたろう

１８９４年、東京生まれ。俳優。新派を代表する女形として活躍。「残菊物語」「歌行燈」などの映画にも出演した。１９６０年、人間国宝、１９６４年、文化功労者。著書に『女難花火』などがある。１９６５年没。

◎出典：『紅皿かけ皿　花柳章太郎随筆集』双雅房

安西水丸　あんざい みずまる

１９４２年、東京生まれ。イラストレーター、エッセイスト、漫画家、作家。絵本『がたんごとんがたんごとん』、漫画『普通の人』、エッセイ『村上朝日堂』（村上春樹との共著）など著書多数。２０１４年没。

◎出典：『青豆とうふ』中公文庫（和田誠との共著）

永井荷風　ながい かふう

１８７９年、東京生まれ。小説家、随筆家。『あめりか物語』『ふらんす物語』『つゆのあとさき』『断腸亭日乗』『濹東綺譚』など著書多数。１９５２年、文化勲章受章。１９５９年没。

◎出典：『荷風随筆集　下』岩波文庫

今和次郎　こん わじろう

１８８８年、青森生まれ。建築学者、民家研究家、生活学者、評論家。都市をフィールドとした慣習や流行の研究「考現学」や、人間生活を対象とした「生活学」を提唱。著書に『考現学採集』『生活学』など。1973年没。
◎出典：『モデルノロヂオ（考現学）』学陽書房（吉田謙吉との共編著）

吉村昭　よしむら あきら

1927年、東京生まれ。小説家。『星への旅』『戦艦武蔵』『ふぉん・しいほるとの娘』『冷い夏、熱い夏』『破獄』『天狗争乱』など著書多数。2006年没。
◎出典：『わたしの流儀』新潮文庫

小村雪岱　こむら せったい

1887年、埼玉生まれ。日本画家、版画家、挿絵画家、装幀家。『日本橋』（泉鏡花）の装幀、朝日新聞に連載された邦枝完二『おせん』の挿絵などを手掛ける。1940年没。
◎出典：『小村雪岱随筆集』幻戯書房

上村松園　うえむら しょうえん

1875年、京都生まれ。日本画家。国宝「序の舞」をはじめ、「焰」「母子」「青眉」「草紙洗小町」「砧」「夕暮」「晩秋」など作品多数。1948年、文化勲章受章。1949年没。
◎出典：『上村松園全随筆集　青眉抄・青眉抄その後』求龍堂

岡本かの子　おかもと かのこ

1889年、東京生まれ。小説家、歌人、仏教研究家。歌集に『かろきねたみ』『愛のなやみ』、小説に『老妓抄』『鮨』『生々流転』、随筆に『散華抄』『かの子抄』など著書多数。1939年没。
◎出典：『きもの随筆』双雅房

・各作品の表記は原則として底本に従いましたが、漢字については新字体を採用しました。また、一部の作品は現代かな遣いに改め、読みやすさを考慮して適宜ルビを補いました。
・収録に際し、エッセイの前後を省略、または表記を一部修正した作品があります。また原則として、出典に掲載された挿絵や写真は割愛しました。
・今日の観点からは不適切と思われる語句や表現がありますが、作品が発表された当時の時代背景や文学性を考慮し、作品を尊重して原文のまま掲載しました。
・掲載にあたり、著作権者の方とご連絡が取れなかったものがあります。お心当たりの方は編集部までご一報いただきますようお願いいたします。